DDR-Witze

Das Original

Eulenspiegel Verlag

SOZIALISTISCHE
EINHEITS-PARTEI
DEUTSCHLANDS
FÜR
FRIEDEN UND AUFBAU
WIEDERGUTMACHUNG
UND DEMOKRATIE
GEGEN
MILITARISMUS UND
REAKTION

Vom I. zum II. Parteitag

1946–1947

21.–22. April 1946: Gründungsparteitag der SED im Admiralspalast +++ April 1946: erstmaliges Erscheinen des SED-Zentralorgans »Neues Deutschland« +++ Mai 1946: Erste deutsche Nachkriegsmesse in Leipzig +++ Mai 1946: Gründung der DEFA in Potsdam-Babelsberg +++ Juni 1946: 1. Parlament der Freien Deutschen Jugend +++ Juni 1946: Eröffnung der Parteihochschule »Karl Marx« in Liebenwalde bei Berlin +++ Juni 1946: Gründung der CDU in der Sowjetischen Besatzungszone +++ Juni 1946: Volksentscheid in Sachsen über die Enteignung von Kriegs- und Naziverbrechern +++ Juli 1946: Die ersten deutschen Soldaten kehren aus sowjetischer Kriegsgefangenschaft zurück +++ August 1946: Wiedereröffnung der Deutschen Akademie der Wissenschaften in Ost-Berlin +++ Oktober 1946: In Weimar wird die Hochschule für Baukunst und Bildende Kunst wiedereröffnet, in Leipzig die Hochschule für Musik +++ Oktober 1946: Gründung der Nachrichtenagentur ADN +++ Oktober 1946: Uraufführung des ersten deutschen Nachkriegsfilms, der DEFA-Film »Die Mörder sind unter uns« +++ Oktober 1946: Landtagswahlen in der SBZ; die erste Nachkriegs-Volkszählung in den vier Besatzungszonen Deutschlands erfasst 65,9 Millionen Einwohner +++ November 1946: Eröffnung des »Theaters der Jungen Welt« in Leipzig +++ November 1946: Veröffentlichung eines Verfassungsentwurfs für eine deutsche demokratische Republik +++ November 1946: Auf Weisung der Sowjetischen Militäradministration wird die »Deutsche Grenzpolizei« auf gestellt +++ Januar 1947: Der Oberbefehlshaber der sowjetischen Besatzungskräfte gibt das Ende der Demontagen in der SBZ bekannt +++ Februar 1947: Auflösung des Landes Preußen als »Träger des Militarismus und der Reaktion« durch das Kontrollratsgesetz Nr. 46 +++ Februar 1947: Gründung der Vereinigung der Verfolgten des Naziregimes +++ März 1947: Gründung des Demokratischen Frauenbundes Deutschlands +++ April 1947: Bundeskongress des Freien Deutschen Gewerkschaftsbundes +++ Mai 1947: Wiedereröffnung der »Hochschule für Grafik und Buchkunst« in Leipzig +++ Mai 1947: Der Verlag Volk und Wissen und der Sportverlag nehmen ihre Tätigkeit auf +++ Mai 1947: Erster Bundeskongress des Kulturbundes zur demokratischen Erneuerung Deutschlands +++ Mai 1947: Verstaatlichung des Bergbaus in der SBZ +++ Juni 1947: Errichtung der »Deutschen Wirtschaftskommission« als Leitinstanz der Zentralverwaltungen der SBZ +++ Juni 1947: Gründung der Gesellschaft für deutsch-sowjetische Freundschaft

Ein altes Mütterchen in Ostberlin
steht vor einem riesigen Stalin-Plakat.
»Wer ist das?«, fragt es einen Passanten.
»Das ist unser Befreier!«
»Sehr gut, ob der uns wohl auch von
den Russen befreien kann?«

Fritze zu Paul:
»Ich stand gestern auf der Titelseite
vom NeuenDeutschland«
Paul: »Wirklich?«
Fritze: »Ja, mit beiden Füßen.«

Ein Sowjet-Soldat kommt zum
Uhrmacher und legt eine
Sprungdeckeluhr auf den Ladentisch.
»Bitte Reparatur.«
Der Uhrmacher öffnet die Uhr.
Sie ist vollständig verdreckt.
Mit einer Pinzette entnimmt er eine tote
Laus und legt sie neben die Uhr.
Darauf der Sowjetsoldat:
»Ah, verstehe, Maschinist kaputt.«

In der Eremitage in Leningrad hängt ein Bild mit dem Titel »Lenin in Polen«. Ein Besucher bleibt stehen und stutzt. Er schaut das Bild lange an und fragt schließlich einen Aufseher: »Wieso heißt das Bild ›Lenin in Polen‹, da ist Lenin doch gar nicht drauf?« Der Aufseher: »Das stimmt. Aber was sehen Sie auf dem Bild?« Darauf der Besucher: »Ich sehe eine Frau, es ist die Krupskaja, mit einem jungen Mann beim Beischlaf. Aber das ist doch nicht Lenin!« »Genau«, sagt der Aufseher, »Lenin ist ja in Polen ...«

Was ist demokratischer Zentralismus?
Das Kollektiv ist dafür,
der Einzelne dagegen,
und die Leitung macht doch,
was sie will.

Die CDU leistet ihren Beitrag zum Aufbau des Sozialismus: Proletarier aller Länder, in Gottes Namen, vereinigt euch!

Sind die Russen unsere Brüder oder unsere Freunde?
Na, unsere Brüder.
Freunde sucht man sich selber aus.

Lenin ist gestorben.
Treffen sich Gott und Teufel und beraten, wer ihn aufnehmen soll. Keiner will ihn haben, also einigen sie sich, dass Lenin bei jedem eine einjährige Probezeit absolviert, bevor sie sich entscheiden.
Zuerst nimmt der Teufel Lenin zu sich.
Nach einem Jahr treffen sich Teufel und Gott wieder. Gott fragt: »Na, wie hat er sich gemacht bei dir in der Hölle?«
»Er hat alle kleinen Teufelchen zu jungen Pionieren gemacht.«
Nun kommt Lenin zur Probezeit in den Himmel.
Als das Jahr vorbei ist, erscheint der Teufel am Treffpunkt.
Aber Gott ist nicht da. Der Teufel wartet und wartet und reist schließlich im Himmel ein. Er trifft Gott, der gedankenversunken auf ein Blatt Papier starrt.
Der Teufel fragt ungeduldig:
»Na erzähl schon, wie ist es gelaufen?«
Darauf Gott: »Psst, sei still, ich muss mich auf unseren ersten Parteitag vorbereiten …«

Tagebuch eines Partisanen
Montag, 23. Juni:
Wir haben die Faschisten aus dem Wald gejagt.
Dienstag, 24. Juni:
Die Faschisten haben uns aus dem Wald gejagt.
Mittwoch, 25. Juni:
Wir haben die Faschisten aus dem Wald gejagt.
Donnerstag, 26. Juni:
Die Faschisten haben uns aus dem Wald gejagt.
Freitag, 27. Juni:
Wir haben die Faschisten aus dem Wald gejagt.
Sonnabend, 28. Juni:
Der Förster hat uns alle aus dem Wald gejagt.

Wilhelm Pieck und Otto Grotewohl
fahren im Taxi durch Berlin.
»Wenn ich jetzt Zigaretten zum Fenster rauswerfe,
laufen mir alle Männer hinterher« , sagt Pieck.
»Wenn ich jetzt Damenstrümpfe aus dem Fenster werfe,
laufen mir alle Frauen hinterher« , sagt Grotewohl.
Sagt der Taxifahrer: »Und wenn ich euch jetzt beide
zum Fenster rauswerfe, läuft mir das ganze Volk hinterher!«

Ein Berliner aus dem amerikanischen Sektor
und einer aus dem sowjetischen treffen sich.
Beide haben blaugefrorene Nasen.
Fragt der erste: »Na, wie ist es bei euch im Sektor?«
»Kalt, eine Hundekälte haben wir!«
Sagt der andere: »Na endlich mal etwas,
das gerecht verteilt ist.«

Wann sagte Lenin: Lernen, lernen und nochmals lernen?
Als er Walter Ulbrichts Schulzeugnis sah.

»Genossinnen und Genossen!
Somit fordern wird für ganz Deutschland die Befreiung vom Kapitalismus, Imperialismus, Monopolismus und Faschismus!« ruft ein Redner von der Tribüne.
Ruft ein Zuhörer von unten hinauf:
»Ach, Genosse, sei so gut und nimm och meinen verdammten Rheumatismus in deine Forderungsliste auf!«

Fritzchen will von Opa wissen, worin der Unterschied zwischen Partei, Regierung, Gewerkschaft und FDJ besteht.
Opa erklärt: »Stell dir das so vor: Die Partei ist die Mutti, sie weiß alles und hat stets recht.
Vati kannst du mit der Regierung vergleichen.
Er macht, was Mutti sagt.
Die FDJ bist du.
Mutti und Vati fragen dich manchmal nach deiner Meinung, zum Beispiel, ob du dir ein Geschwisterchen wünschst, und da hast du gesagt, du würdest es sehr lieb haben.
Was sie dir nicht gesagt haben, dass es schon längst unterwegs war.«
»Nun erklär mir noch, was der FDGB ist?«
»Der ist mit Oma zu vergleichen. Sie hat keine Ahnung, redet aber ständig dazwischen.«

Truppenparade auf dem Roten Platz.
Stalin lädt drei Rotarmisten zu sich, die an der Schlacht um Berlin teilgenommen haben: »Nun, mein Sohn, welche Meinung hast du von Deutschland?«
»Väterchen Stalin, ein schönes Land.
Von den Kriegsschäden mal abgesehen, ist alles sauber und zivilisiert!«
Stalins Miene verfinstert sich, er gibt Berija ein Zeichen: »Ins Lager nach Sibirien!«
Er fragt den zweiten, der sagt: »Sehr gut, ein Land mit viel Kultur, Goethe, Schiller, Heine ...«
Stalin erbost: »Ab in die kaukasischen Bergwerke!«
Er fragt den dritten: »Und wie findest du Deutschland?«.
»Schlecht, Väterchen, schlecht.«
Stalin erfreut: »Hervorragend. Das ist die richtige Einstellung. Dafür darfst du dir was wünschen.«
»Väterchen, dann möchte ich nach Deutschland.«

Drei Babuschkas unterhalten sich über ihre Enkel.
Die erste sagt: »Mein Enkelsohn Kolja spielt so schön Klavier, als wäre er ein kleiner Tschaikowski.«
Die zweite sagt: »Mein Enkelsohn Sascha schreibt so schöne Gedichte, als wäre er ein kleiner Puschkin.«
Die dritte will nicht so recht heraus mit der Sprache, doch dann sagt sie: »Mein Enkelsohn Pjotr ist eigentlich dem Lenin recht ähnlich.«
»Wieso das?«
»Mal im Gefängnis, mal in der Verbannung…«

Frage: Was ist das?
Liegt auf der Treppe und lügt.
Antwort: Das Neue Deutschland.

Fritzchen geht in Berlin-Friedrichshain zur Schule.
Der Lehrer fragt im Geschichtsunterricht, wer die vier Besatzungsmächte sind. Fritzchen meldet sich: »Das sind die sowjetischen Freunde, die Amerikaner, die Engländer, die Franzosen… aber wieso vier? Mein Vater spricht immer von fünf Besatzungsmächten.«
»So«, fragt der Lehrer, »welches ist denn die fünfte?«
Drauf Fritzchen: »Die Sachsen.«

EINHEIT
FRIEDEN

Vom II. zum III. Parteitag

1947–1950

20.9.–24.9.: II. Parteitag der SED: Der stellvertretende Parteivorsitzende Walter Ulbricht fordert die Einführung der Planwirtschaft in der SBZ und die Umwandlung der SED in eine »Partei neuen Typus« +++ Oktober 1947: 1. Schriftstellerkongress +++ November 1947: Erster Deutscher Bauerntag in Ost-Berlin, Gründung des Hauptverbandes der »Vereinigung der gegenseitigen Bauernhilfe« +++ Dezember 1947: Gründung der »Deutschen Volkskongressbewegung für Einheit und gerechten Frieden« unter Führung der SED +++ Januar 1948: In Sachsen wird ein Gesetz über die Enteignung der Banken verabschiedet, dem sich die anderen Länder der SBZ anschließen +++ März 1948: Der sowjetische Militärgouverneur Sokolowski verlässt den Alliierten Kontrollrat aus Protest gegen die Gründung der »West-Union«, damit endet die gemeinsame Verwaltung Deutschlands durch die vier Siegermächte +++ April 1948: Gründung der »Vereinigung Volkseigener Betriebe« +++ April 1948: Gründung der Demokratischen Bauernpartei Deutschlands in der SBZ +++ Mai 1948: Gründung der National-Demokratischen Partei Deutschlands +++ Juni 1948: Währungsreform in der SBZ +++ August 1948: Wiedereröffnung des Nationaltheaters in Weimar +++ Oktober 1948: Der Bergarbeiter Adolf Hennecke übertrifft in einer Sonderschicht das Förderungssoll um 380%, Beginn der Aktivistenbewegung +++ Oktober 1948: Bertolt Brecht und Helene Weigel kehren aus dem US-amerikanischen Exil nach Ost-Berlin zurück +++ November 1948: Die »HO« wird als staatliches Unternehmen eröffnet +++ Dezember 1948: Gründung der Pionierorganisation +++ Januar 1949: Bildung des Politbüros +++ März 1949: Verabschiedung der Verfassung der künftigen DDR durch den Volksrat der Länder +++ Juni 1949: Wiedereröffnung der 1945 schwer beschädigten Nationalgalerie in Ost-Berlin +++ Juni 1949: Wiedereröffnung des Goethehauses in Weimar +++ Juli 1949: Papst Pius XII. droht allen Katholiken, die Mitglieder oder Sympathisanten kommunistischer Parteien sind, mit der Exkommunikation +++ Oktober 1949: Mao ruft die Chinesische Volksrepublik aus +++ Oktober 1949: Gründung der DDR, Wilhelm Pieck wird Präsident der DDR, Otto Grotewohl Ministerpräsident +++ November 1949: Erstmals erklingt die Nationalhymne der DDR +++ Februar 1950 Gründung des Ministeriums für Staatssicherheit mit Erich Mielke als Staatssekretär +++ März 1950: Die »Deutsche Akademie der Künste« wird in Ost-Berlin gegründet +++ März 1950: Die Sowjetunion entlässt die DDR in die Souveränität +++ Mai 1950: Erlass des Arbeitsgesetzes, das u. a. die Gleichstellung von Mann und Frau regelt

Welcher Nationalität waren
Adam und Eva?
Natürlich waren sie Russen:
Sie hatten nichts anzuziehen.
Sie hatten kein Haus.
Und sie glaubten sich im Paradies.

Der Aktivist Adolf Hennecke ist Ehrengast in einer Schulveranstaltung. Ein Schüler trägt ›Die Glocke‹ von Schiller vor. Hennecke rutscht gelangweilt auf seinem Stuhl hin und her. Als ihn der Schuldirektor später fragt, wie es ihm gefallen habe, sagt Hennecke: »Nun, es war alles sehr schön, nur dieses Gedicht von der Glocke... So ein langer Riemen ist doch gar nicht nötig. Der Glockenbau wäre doch auch einfacher gegangen: ›Loch in Erde! Bronze rin! Glocke fertig! Bim-bim-bim!‹«

Im Kapitalismus bekommt man für Geld alles.
Im Sozialismus bekommt man alles,
was man für Geld nicht bekommt.

Was bedeutet HO?
Hungernde Ostzone.

Rostocker Hafen. Ein Mann beobachtet die einlaufenden Schiffe. Ein Wachoffizier spricht ihn an.
»Was machen Sie hier?«
»Ich warte, um zu sehen, wie die sowjetischen Schiffe voll mit Weizen beladen bei uns eintreffen.«
Der Offizier: »Dann gucken Sie nicht so viel aufs Meer, gucken Sie in die Zeitung!«

»Pioniere, was ist eine Kollektivleistung beim Lernen?« fragt der Pionierleiter beim Gruppennachmittag.
»Eine Kollektivleistung ist, wenn einer die Schularbeiten richtig macht und alle andern von ihm abschreiben.«

Drei Gefangene in Bautzen unterhalten sich.
»Warum sitzt du?«
»Ich kam immer fünf Minuten zu früh. Da hat man mich wegen Spionage verurteilt. Und warum sitzt du?«
»Ich kam immer fünf Minuten zu spät. Da hat man mich wegen Sabotage verurteilt.«
Die beiden fragen den dritten Häftling:
»Und nun musst du uns sagen, warum bist du hier?«
»Ich kam immer pünktlich. Da hat man mich ertappt, dass ich eine Westuhr habe.«

„Papa läßt fragen, ob Haarschneiden nach der Währungsreform schon billiger geworden ist."

»Welches Datum haben wir heue?«
fragt der Mann.
»Guck doch ins Neue Deutschland,
das liegt da auf dem Tisch«,
erwidert die Frau.
»Ach, die Zeitung ist doch
von gestern.«

Vor einem Uhrengeschäft steht eine lange Schlange. Ein Passant fragt nach dem Grund. Man antwortet ihm: »Der Laden hat gerade eine Sendung Uhren aus Russland bekommen.«
»Dann stelle ich mich an.
Vielleicht ist meine auch dabei.«

»Warum hat denn die für gestern
angekündigte Versammlung
nicht stattgefunden?«
»Sie ist verschoben worden.«
»Na hoffentlich kriegen sie den Kerl.«

Tag des Aktivisten:
Wilhelm Pieck zeichnet einen Arbeiter aus
und überreicht ihm die goldene
Aktivistenmedaille.
Der sagt: »Du, Genosse Pieck,
das mit dem Gold,
das ist aber großer Schwindel!«
Entgegnet Pieck:
»Deine 300 Prozent Übersoll aber auch.«

Die Vertreter verschiedener Völker streiten darüber,
welcher Nationalität Lenin war.
Der Russe erklärt: »Er war Russe.«
»Wieso?«
»Er ist in Russland geboren, hat die russische Revolution
gemacht und ist in Russland beerdigt.«
Sagt ein Finne: »Er war Finne.«
»Wieso?«
»Er hat sich vor dem Zaren in Finnland versteckt,
dort die russische Revolution vorbereitet und
sein wichtigstes Lebenswerk in Finnland geschrieben.«
Meldet sich ein Deutscher und sagt: »Er war Deutscher.«
»Wie das?«
»Er ist in Simbirsk geboren, nicht weit vom Gebiet
der Wolgadeutschen, hat in Berlin gearbeitet
und fühlte sich schon immer zu Deutschland hingezogen.«
Sagt der Tschuktsche: »Lenin war Tschuktsche.«
»Und weshalb?«
»Er war sehr klug.«

»Eben hat mir ein Ausländer meine
Uhr gestohlen«, meldet ein Mann auf
einer Ostberliner Polizei-Wache.
Der Polizist zuckt die Achseln
»Ein Ausländer?
Ein Amerikaner wohl?«
»Nein, ein Amerikaner war's nicht.«
»Na, dann ein Tommy?«
»Nein, auch nicht.«
»Also ein Franzose?«
»Nein, auch nicht.«
»Na, was für ein Ausländer soll es
dann gewesen sein?«
»Ich glaube, ein Finne!«
»Quatsch, Finnen, haben wir hier gar nicht,
Sie meinen wohl, ein Russe?«
»Stimmt, aber das haben Sie gesagt!«

Willst du Schuhe aus Igelit
– dann wähle Pieck!
Willst du Schuhe auf Dauer
– dann wähle Adenauer!

»Wer war der erste Mensch, Fritz?« fragt der Lehrer.
»Unser geliebter Stalin, Herr Lehrer«, brüllt Fritzchen.
»Nein, so war es nicht gemeint«, erklärt der Lehrer,
»der erste Mensch war Adam.«
»Jaaa«, antwortet Fritzchen erstaunt,
»wenn Sie die Kapitalisten mitrechnen!«

In einem Gefängnis sind die Häftlinge zum Appell angetreten.
»Mal herhören«, verkündet der Wärter.
»Morgen kommt unser Präsident Wilhelm Pieck.«
»Siehst du«, flüstert ein Häftling dem anderen zu,
»ich habe immer gesagt, dass es mit dem kein gutes Ende nimmt.«

Im Zug nach Sibirien sitzen drei Männer.
Fragt der eine sein Gegenüber:
»Brüderchen, was hast du bekommen?«
»Fünf Jahre.«
»Und was hast du gemacht?«
»Ich war gegen Popow.
Und du, Brüderchen,
was hast du bekommen?«
»Auch fünf Jahre.«
»Und was hast du gemacht?«
»Ich war für Popow«, antwortet der
und wendet sich an den Dritten.
»Brüderchen, was hast du bekommen?«
»Auch fünf Jahre.«
»Und was hast du gemacht?«
»Nichts habe ich gemacht. Ich bin Popow.«

Eine Kundin beschwert sich:
»Gestern habe ich zwei Dosen Fisch gekauft.
In der einen war nur Tomatensoße,
in der anderen der Fisch. Wie geht denn das?«
»Sein Sie froh, dass Sie nicht die dritte erwischt haben,
in der müssen wohl die Gräten gewesen sein.«

»Hast du schön gehört? Skatspielen soll verboten werden!«
Wieso denn das?
»Pieck darf nicht gereizt werden!«

Fritzchen kommt aus der Schule, seine Mutter fragt: »Na wie war die Schule?« Darauf Fritzchen: »Fein! Wir haben einen Aufsatz zum Thema ›Wie gefällt euch euer sozialistisches Vaterland, die DDR?‹ geschrieben, und ich habe die beste Note bekommen – eine Fünf!«
»Eine Fünf?«, fragt die Mutter entsetzt.
»Und Deine Mitschüler?«
Fritzchen: »Weiß ich nicht, die sitzen noch in Untersuchungshaft!«

Im Kapitalismus regelt sich alles durch Einnahmen und Ausgaben, im Sozialismus durch Eingaben und Ausnahmen.

Was ist Sozialismus?
Der längste Weg von Kapitalismus zu Kapitalismus.

Stricknadel zur Nähnadel:
»Du, soll ich dir mal 'n politischen Witz erzählen?«
»Pssst! Da kommt 'ne Sicherheitsnadel!«

Mao Tse-tung will die
Oder-Neiße-Grenze anerkennen.
Als Westgrenze des Chinesischen Reichs.

Unterhalten sich ein Amerikaner,
ein Russe und ein DDR-Bürger darüber,
wer wohl die größten Wälder hat.
Der Amerikaner prahlt: »Bei uns in Amerika
gibt es Wälder, wenn man da morgens reingeht,
kommt man vor dem Abend nicht wieder raus!«
Darauf der Russe: »Wenn du bei uns in Sibirien
in den Wald gehst, kommst du erst
nach einer Woche am anderen Ende heraus!«
»Alles Kinderkram!«, erwidert der Ostdeutsche.
»Bei uns sind die Russen 1945 in die Wälder rein –
und haben bis heute nicht wieder rausgefunden!«

Unter welcher Parole kämpften
die römischen Sklaven?
Es lebe der Feudalismus,
die lichte Zukunft der Menschheit!

Ein Schwarm Zugvögel fliegt über die DDR. Einer stürzt ab und landet auf einer Wiese. Eine Kuh lässt einen dicken Fladen auf seinen Kopf fallen. Am nächsten Tag hat er seinen Kopf befreit und beginnt zu zwitschern und zu trällern. Da stößt ein Habicht herab, zerrt ihn aus der Scheiße und frisst ihn auf. Was lehrt diese Geschichte? Nicht jeder, der auf uns scheißt ist unser Feind, nicht jeder, der uns aus der Scheiße holt, ist unser Freund, und wenn man in der Scheiße steckt soll man nicht zwitschern.

Die HO soll demnächst in SED umbenannt werden. Warum? Selten Etwas Da.

Fritzchen im Biologieunterricht.
Der Lehrer stellt den Kindern die Frage:
»Es ist klein, rot, hat einen buschigen Schwanz und hüpft von Baum zu Baum.
Was ist das?«
Antwortet Fritzchen:
»Ich würde meinen, ein Eichhörnchen.
Aber wie ich den Laden hier kenne, ist es bestimmt wieder der weise Führer aller Werktätigen Jossif Wissarionowitsch Stalin.«

Der Kompaniechef und sein Politstellvertreter treffen sich.
Der Politnik: »Wo warst du gestern Abend?«
Der Kompaniechef:
»Gestern Abend...Theater gewesen.«
Politnik: »Und was haste gesehen?«
»Seltsame Sache. Stück von Schiller.
Zivilist schießt auf Obst.«

Ein Maler in einem volkseigenen Betrieb malt die Losung: »Unser Betrieb produziert nur Ausschuss.« Dafür erhält er eine Strafe von 3 Monaten, 3 Wochen und 3 Tagen.
3 Tage für die Vergeudung von Material,
3 Wochen für die Verschwendung von Arbeitszeit,
3 Monate für den Verrat von Betriebsgeheimnissen.

DDR-Volkszählung:
Erste Frage:
Beabsichtigen Sie im Jahre 1953 noch in der DDR zu leben?
Wenn ja – wovon?

Für Freiheit
und
Freundschaft
auf Friedenswacht

Vom III. zum IV. Parteitag

1950-1954

20.–24 Juli 1950 III. Parteitag der SED in der Werner-Seelenbinder-Halle +++ August 1950: Der erste Fünfjahrplan wird verabschiedet, die zentrale staatliche Planwirtschaft soll zur Verdoppelung der Industrieproduktion führen +++ August 1950: Grundsteinlegung zum Aufbau des »Eisenhüttenkombinats Ost« +++ September 1950: Aufnahme der DDR in den Rat für gegenseitige Wirtschaftshilfe +++ November 1950: Ministerpräsident Otto Grotewohl schlägt die Bildung eines Gesamtdeutschen Konstituierenden Rates vor, »Deutsche an einen Tisch« +++ 1950: Das Gefängnis Bautzen II wird dem Innenministerium unterstellt +++ März 1951: Das ZK der SED beschließt den Kampf gegen »Formalismus in der Kunst« +++ August 1951: Das erste Stalin-Denkmal wird in Berlin eingeweiht +++ September 1951: Die Zehnjahresschule wird schrittweise eingeführt +++ November 1951: Gesetz über den Fünfjahrplan, die »Deutsche Notenbank« wird zur »Staatsbank der DDR« +++ Januar 1952: Gründung des »Deutschen Museums für Geschichte« im Zeughaus Unter den Linden +++ Februar 1952: Grundsteinlegung für den Bau der Stalinallee +++ März 1952: Stalin schlägt einen Friedensvertrag mit einer gesamtdeutschen Regierung vor +++ Juli 1952: Einführung von Abschnittsbevollmächtigten der Deutschen Volkspolizei in Städten und Gemeinden +++ Juli 1952: Die II. Parteikonferenz der SED beschließt den planmäßigen Aufbau der Grundlagen des Sozialismus und die Kollektivierung der Landwirtschaft; Bruno Leuschner wird Vorsitzender der Staatlichen Plankommission und führt die Neuererbewegung ein +++ Juli 1952: Neugliederung der DDR in 14 Bezirke wird beschlossen +++ Dezember 1952: Otto Grotewohl konstatiert Versorgungsprobleme bei den Grundnahrungsmitteln +++ Januar 1953: DDR-Außenminister Georg Dertinger wird unter dem Vorwurf der Spionage verhaftet +++ März 1953: Der Führer des Weltproletariats, Josef Stalin, stirbt +++ Mai 1953: Der Ministerrat beschließt Erhöhung der Arbeitsnormen +++ Mai 1953: Aus Eisenhüttenstadt wird Stalinstadt +++ Juni 1953: Der Streik gegen die Erhöhung der Arbeitsnormen weitet sich zum »Aufstand vom 17. Juni« aus; in Rekation darauf kommt es zur Bildung der »Kampfgruppen der Arbeiterklasse« +++ September 1953: Nikita Chruschtschow wird zum Ersten Sekretär der KPdSU gewählt +++ Dezember 1953: Walter Ulbricht besucht die LPG Merxleben +++ Januar 1954: Bildung des Ministeriums für Kultur +++ März 1954: Uraufführung des Films »Ernst Thälmann – Sohn seiner Klasse«

Eine Dresdner Straßenbahnschaffnerin beginnt mit der Fahrscheinkontrolle. Eine Frau sucht aufgeregt in ihrer Tasche. »Was suchen Sie denn?« fragt die Schaffnerin. »Meine Fleischzuteilung. Wissen Sie, ich hatte die in meinen Straßenbahnfahrschein eingewickelt, und nun muß sie doch durch das Knipsloch gefallen sein.«

Stalin hält seine Rede ans Volk. Plötzlich hustet jemand. Stalin: „Wer war das?" Eisernes Schweigen. Stalin: „Genosse Berija, erschießen Sie alle, die in der ersten Reihe stehen." Nach den Schüssen erneut Stalin: „Wer war das?" Weiter Schweigen. Stalin zu Berija: „Lawrentij, erschießen Sie die zweite Reihe." Da meldet sich ein Mann, zitternd vor Angst: „I..i…ich…" Darauf Stalin: „Gesundheit, Genosse!"

Anlässlich des Internationalen Frauentages findet in der sowjetischen Regierungszeitung Iswestija ein Preisausschreiben mit Wissensfragen zum Thema Frau statt. Gewinner ist der zehnjährige Aljoscha. Da trifft ein wütendes Schreiben von Iwan Iwanowitsch ein: unmöglich, dass ein Zehnjähriger am meisten über die Frauen weiß. Die Iswestija druckt den Antwortbrief ab:
»Lieber Iwan Iwanowitsch, alles hat seine Richtigkeit, Aljoscha hat alle drei Fragen einwandfrei beantwortet. Gehen wir sie der Reihenfolge nach durch. Unsere erste lautete:
›Wo sind die Haare der Frauen am dichtesten?‹
Aljoscha antwortete völlig rich-tig: ›In Afrika.‹ Ihre Antwort, verehrter Iwan Iwanowitsch, wollen wir hier aus bestimmten Gründen lieber nicht wiederholen. Unsere zweite Frage lautete: ›Welches sind die wichtigsten Organe der Frau?‹ Aljoscha antwortete völlig richtig:
›Die Praw-da und die Iswes-tija‹. Auch hier wollen wir Ihre Lösung lieber der Öffentlichkeit verschweigen. Unsere dritte Frage lautete:
›Was hat die Frau am liebsten?‹
Aljoscha schrieb uns: ›Den Frieden und den Sozialismus.‹ Was Sie, verehrter Iwan Iwanowitsch, uns dazu mitteilten und ihre beigefügten obszönen Zeichnungen – Schwamm drüber!
Mit sozialistischem Gruß …«

Ein Haus ist zusammengebrochen.
Die Einzelteile werden verhört.
Die Ziegel: Wir waren es nicht, wir sind komplett rot.
Der Sand: Ich war's nicht, ich bin durch
und durch gesiebt.
Der Zement: Und ich war nicht dabei.

Ein Neuerer schreibt an Bruno Leuschner,
den Vorsitzenden der Staatlichen Plankommission:
»Ich habe eine Waffe entwickelt, die alles in den
Schatten stellt
und uns die Überlegenheit über den Klassenfeind
sichert.
Ich habe alles beisammen und brauche nur
noch drei Fahrradspeichen. Können Sie mir die
beschaffen?«
Nach kurzer Zeit erhält er Antwort: »Leider nein.
Und was soll man auch mit einer Waffe,
die aus so seltenen Einzelteilen besteht?

»Was ist vollendeter Sozialismus?«
»Wenn der Parteisekretär den Pfarrer fragt,
ob er ihn am Sonntag trauen kann,
der jedoch antwortet: »Am Sonntag hab ich keine Zeit,
da muss ich zur Kampfgruppenübung.«

Ein Volkspolizist ist nach Bautzen versetzt worden und soll politische Häftlinge bewachen.
»Denken Sie denn, dass Sie das können?«
fragt der Gefängnisdirektor.
»Na selbstverständlich, wer nicht spurt, fliegt raus.«

Was ist der Unterschied zwischen dem Sozialismus und einem VEB?
Im VEB sind die Fluchtwege gekennzeichnet.

Otto Grotewohl gibt einem westdeutschen Reporter ein Interview. Er wiederholt alle Statements der letzten Zeit und schließt mit der Bemerkung, in der DDR gehe es weiter voran. Der Reporter sagt: »Entschuldigen Sie, gerade hat Ihr Ministerium für Handel und Versorgung eine neue Lebensmittelverknappung für den Sommer angekündigt.« »Na und«, sagt Grotewohl, »vor einem Jahr hätten wir sie nicht mal angekündigt.«

Was ist das Besondere an der Hennecke Straße in Stalinstadt?
Die Mindestgeschwindigkeit auf dem Bürgersteig beträgt 20 kmh.

Walter Ulbricht fragt den Staatssicherheitsminister: »Wieviel ist zwei mal zwei?« »Fünf, Genosse Ulbricht.« Daraufhin zieht Ulbricht einen Revolver und erschießt ihn. Von dem lauten Knall aufgeschreckt, eilen andere führende Genossen herbei und fragen: »Warum hast du ihn erschossen?« Antwortet Ulbricht: »Er wusste zuviel!«

„Wollten Sie da etwa angeln? Det is hier verboten!" — „Ach wat, Sie seh'n doch, ick bin beim Aufrichten der Brücke . . ."

Was ist der Unterschied zwischen einem Kommunisten und einem Kapitalisten?
Der Kommunist hat das Kommunistische Manifest gelesen, der Kapitalist hat es verstanden!

Was bedeutet ein Streifen an der Uniform eines Volkspolizisten?
Dass er lesen kann.
Was bedeuten zwei Streifen?
Er kann lesen und schreiben.
Und drei Streifen?
Er kennt jemanden, der lesen und schreiben kann.

»Die DDR hat sich in einen großen Wartesaal verwandelt.«
»Wieso?«
»Alle warten.«
»Worauf?«
»Auf die Einheit.«

»Sie behaupten, von einem Sowjetsoldaten überfallen worden zu sein? Ist das auch wahr?" fragt der Richter
»Jawohl, hier sind fünf Zeugen, die es gesehen haben ...«
»Na und?« sagt der Richter, »ich kann Ihnen Millionen nennen, die den Vorfall nicht gesehen haben!«

Was ist der Unterschied zwischen Marx und Murks?
Marx ist die Theorie.

Fritzchen kommt heulend aus der Schule.
»Der Lehrer hat mir im Deutschaufsatz
eine Fünf verpasst!«
»Und warum, mein Sohn?«
»Wir sollten schreiben:
Die DDR ist ein rechtmäßiger Staat.«
»Und was hast du falsch gemacht?«
»Ich habe recht mäßig auseinander geschrieben.«

Parteitag der KP in China.
Tagesordnung:
1. Aufbau einer Scheune
2. Aufbau des Kommunismus.
Der Versammlungsleiter:
Genossen, da wir für den Aufbau der Scheune weder Geld noch Material haben, kommen wir gleich zum Punkt 2 der Tagesordnung.

Greifvogel mit 3 Buchstaben?
ABV.

Frage: Wie verhält man sich bei einem
eventuellen Einsatz von Atomwaffen?
Antwort:
Sofort den Kopf mit einem weißen Taschentuch bedecken
und gemessenen Schrittes zum Friedhof gehen.
Nachfrage: Warum gemessenen Schrittes?
Antwort: Damit in der ganzen Katastrophe
nicht noch eine Panik entsteht.

Frage: Was ist der Unterschied
zwischen Kapitalismus und Sozialismus?
Antwort:
Der Kapitalismus macht soziale Fehler,
der Sozialismus macht kapitale Fehler.

Die Sowjetunion bringt vier Bücher
über den Elefanten heraus:
1. Der Elefant im zaristischen Russland,
2. Der Elefant in der Großen
Sozialistischen Oktoberrevolution,
3. Der Elefant im Großen Vaterländischen Krieg,
4. Der Elefant beim Aufbau des Kommunismus
Die DDR bringt 6 Bände heraus:
4 Bände Übersetzung aus dem Russischen,
5. Band: Der Elefant, der treueste Freund der Sowjetunion,
6. Band: Vom Sowjetelefanten lernen heißt siegen lernen.

Walter Ulbricht besucht LPG-Bauern.
In einer Aussprache wird darüber diskutiert,
ob beim Anbau künftig Früh- oder Spätkartoffeln der
Vorzug gegeben werden soll. Die Diskussion zusammenfas-
send, sagt Ulbricht:»Liebe Genossinnen und Genossen, nu, wir
brauchen weder früh Kartoffeln noch spät abends Kartoffeln,
sondern in erster Linie welche mittags auf dem Tisch!«

Kollegen, was macht ihr denn da?
Wir reißen die Ziegelei ab.
Aber wir brauchen doch Ziegel!
Na eben.

Frage: Gibt es im
Kommunismus Geld?
Antwort: Nein.
Frage: Wovon sollen wir dann
unseren Parteibeitrag bezahlen?

Ist der Sozialismus von Wissenschaftlern oder
von Politikern erfunden worden?
Natürlich von Politikern. Die Wissenschaftler
hätten erst einen Tierversuch gemacht!

Einem Studenten der Tiermedizin werden
zur Abschlussprüfung drei Knochen vorgelegt.
Der Professor fragt den Studenten:
»Können Sie diese Knochen bitte zuordnen!«
Der Student kommt ins Schwitzen
und kann die Frage nicht beantworten.
Der Professor will dem Studenten helfen:
»Na, worüber haben wir denn das ganze
letzte Semester gesprochen?«
Darauf der Student: »Sagen Sie bloß,
das sind die Knochen von Marx, Engels und Lenin?«

Stalin besucht ein Kino. Am Ende des Films wird sein Bild eingeblendet und die Sowjethymne gespielt. Alle stehen auf. Stalin ist gerührt, sitzend beobachtet er die Szene. Da tippt ihn der Mann hinter ihm auf die Schultert: »Bitte, Genosse, wir haben alle die gleichen Gefühle wie Sie, aber es ist viel ungefährlicher, wenn Sie aufstehen!«

Stalin kommt nach seinem Tod sofort in die Hölle.
Niemand will ihn dort zum Nachbarn haben.
Da klopft der Teufel an ein abseits gelegenes Verlies an.
»Hier Karl Marx«, tönt es von innen.
»Du bist doch der, der ›Das Kapital‹ geschrieben hat?«, fragt der Teufel.
»Allerdings«, sagt Marx.
Der Teufel schließt auf, schiebt Stalin rein und meint:
»Hier hast du die Zinsen!«

In Bautzen ist ein neuer Gefängnisdirektor eingesetzt. Er sucht eine Zelle mit drei Gefangenen auf und fragt den ersten: »Warum sind Sie eingesperrt?«
»Ich habe Soll und Haben verwechselt.«
»Aha, also Buchhalter gewesen.«
Er fragt den zweiten.
Der sagt: »Ich habe mein und dein verwechselt.«
»Also ein Ladendieb, ja? Und warum hat man Sie eingesperrt?« fragt er den dritten.
Ich habe nicht gesagt, der Generalsekretär hat ein Arschloch, sondern …!«
»Ich habe hat und ist verwechselt.

Der Lehrer:
»Liebe Schüler,
wir wollen in unserer Schule den Wilhelm Tell aufführen.«
»Und woher kriegen wir den Apfel?«

Als Stalin im Jenseits den Zaren Nikolai trifft, ignoriert der ihn natürlich. Doch bei der zweiten Begegnung macht sich Nikolai an ihn heran und sagt: »Ich weiß schon, wir sind eigentlich Klassengegner, aber ich bin nach so langer Zeit einfach neugierig. Wie ist es denn jetzt in Russland?«
»Sehr gut ist es!«, antwortet Stalin.
»Wirklich? Gibt's denn noch Sibirien?«
»Gibt's!«
»Gibt's auch noch die Ochrana?«
»Heißt jetzt etwas anders, aber gibt's!«
»Gibt's auch noch Wodka?«
»Natürlich!«
»Wirklich? Sechzigprozentigen?«
»Nein – bei uns 40 Prozent !«
»Ach so … Na ja, ist auch nicht wenig. Aber sag mal – wegen dieser 20 Prozent musstet ihr eine Revolution machen?!«

Ein Lehrer liest seinen Schülern vor:
»...und Gott verteilte unter den Menschen drei Fische.«
Eifrig meldet sich Fritzchen:
»Herr Lehrer, es gibt keinen Gott.«
»Nun, das musst du symbolisch sehen,
es gibt ja bei uns auch keinen Fisch.«

**Was ist der Unterschied zwischen
einer Landwirtschaftlichen
Produktionsgenossenschaft und
einem Lodenmantel?
Es gibt keinen.
Beide haben kein Futter!**

Walter Ulbricht hält in einem Kindergarten die Eröffnungsrede:
»Liebe Kinder, Euer Kindergarten wird heute eröffnet.
Ihr habt so schöne Spielsachen, Teddys,
Autos, Puppen und ...und ...«
»Bälle, Bälle«, flüstert sein persönlicher Referent.
Ulbricht: »Wau, wau, wau.«

**Geschichtsunterricht. Der Lehrer fragt:
»Warum lieben wir unsere sowjetischen Freunde?«
Fritzchen antwortet: »Weil sie uns vom
Hitlerfaschismus befreit haben.«
»Sehr gut. Und warum«, fragt der Lehrer weiter,
»hassen wir die Amerikaner?«
Fritzchen: »Weil sie uns nicht befreit haben.«**

Zwei Tschuktschen spazieren über den Roten Platz. »Siehst du«, sagt der eine und zeigt auf das Mausoleum, »dort ruht unser verehrter Genosse Wladimir Iwanowitsch.«
»Nicht Iwanowitsch, sondern Fjodorowitsch.«
Sie streiten sich. »Iwanowitsch!«
»Fjodorowitsch!«
»Iwanowitsch!«
»Fjodorowitsch!«
Bis es dem einen reicht: »Wenn du nicht gleich aufhörtst, zeige ich dich beim GUM an!«

Qualifizierung der Genossenschaftsbauern im neuen Lehrfach Milch-Psychologie:
Homosexuelle Kühe geben homogenisierte Milch.
Fromme Kühe geben pasteurisierte Milch.
Besoffene Kühe geben Vollmilch.
Arme Kühe geben Magermilch.
Fette Kühe geben Buttermilch.
Und wenn Kühe sauer sind, geben sie Sauermilch.

Ein LPG-Vorsitzender liest seinem Schweinemeister die Leviten: »Also, Kollege, wenn das Ferkelsterben nicht aufhört, raucht's im Karton. Früher im Kapitalismus waren deine Schweine gesund und fett. Hast du eine Entschuldigung?«
Der Meister: »Nein, aber eine Erklärung.«
»Und?«, fragt der Vorsitzende.
»Vielleicht Selbstmord?«

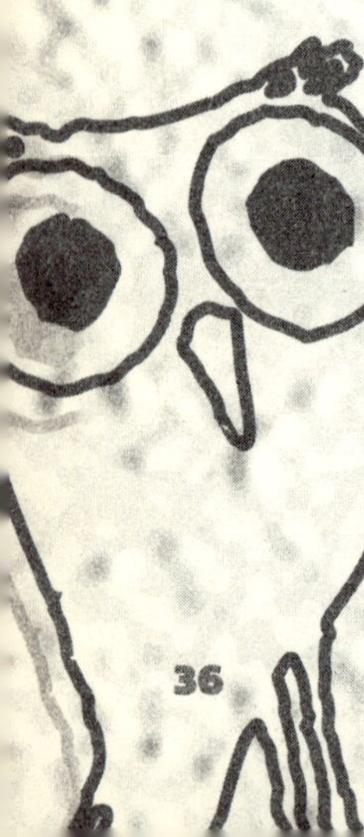

Walter Ulbricht hält ein Referat: »Genossen, der Klassenfeind behauptet, es gibt keine Butter bei uns, nu, das ist eine Lüge. Und das Papier zum Einwickeln, nu, das werden wir auch bald haben.«

Fragt ein kleines Mädchen die Mutter:
»Du, Mutti, was sind Menschenschlangen?«
»Das sind«, antwortet die Mutter, »Menschen,
die sich hintereinander anstellen,
um Bananen zu kaufen.«
»Und was sind Bananen?«

Ein Mann geht mit einem großen Kranz über den
Marktplatz. Er trifft einen Bekannten,
der mitfühlsam fragt, wer denn gestorben sei.
»Wieso gestorben? Niemand, aber Kränze gab's
heute zufällig in der HO«

Begegnen sich zwei
Schneeflocken im Fluge.
»Komm«, sagt die eine zur andern.
»Fliegen wir in die DDR und machen ein
bisschen Panik.«

Ein Kunde betritt einen Fleischerladen.
»Haben Sie Rouladen?«
»Ham wa nich.«
»Haben Sie Schweineschnitzel?«
»Ham wa nich.«
»Haben Sie Kalbfleisch?«
»Ham wa nich.«
»Haben Sie Bockwurst?«
»Ham wa nich.«
Der Kunde verlässt enttäuscht den Laden.
Sagt der eine Verkäufer zum andern:.
»Mensch, hat der ein gutes Gedächtnis!«

Zwei Hausfrauen unterhalten sich über ihre Alltagssorgen. Schließlich sagt die eine: »Ich habe gehört, morgen soll's Regen geben.« Sagt die andere: »Ist mir egal, ich stelle mich für nichts mehr an!«

»Können Sie mir den Kapitalismus erklären?« »Kapitalismus ist die Ausbeutung des Menschen durch den Menschen.« »Und wie ist es mit dem Sozialismus?« »Da ist es genau umgekehrt.«

Ulbricht besucht eine LPG in Mecklenburg. Auf dem Feld sagt er zum Vorsitzenden: »Dieser Roggen, ja, ist aber kurz.« »Das ist Gerste, Genosse Ulbricht«. Darauf Ulbricht: »Nu ja, Hackfrucht bleibt Hackfrucht.«

Ein Omnibus fährt über Land. Plötzlich steht quer über der Landstraße ein Ochse, der nicht weicht, so sehr der Fahrer auch hupt. Bis ein älterer Bauer aus dem Bus steigt, zum Ochsen geht und ihm was ins Ohr flüstert. Der Ochse nimmt reißaus. Als der Bauer wieder einsteigt, fragt ihn der Fahrer neugierig, was er gemacht habe, dass der Ochse prompt gehorchte.

»Ach, es war ganz einfach«, sagt der Bauer. »Ich habe gesagt, wenn du jetzt nicht abhaust, musst du in die LPG.«

In der HO-Gaststätte.
»Pardon, Fräulein, laut Speisekarte gehören zu dieser Abendbrotplatte Butter, Brot, Wurst, Käse, Schinken und ein Ei. Auf meinem Teller habe ich aber nur ein halbes Ei entdeckt!«
»Ich bitte Sie, junger Mann, wollen Sie sich mit mir etwa um ein halbes Ei streiten?«

Walter Ulbricht hält vor LPG-Mitarbeitern eine Rede zum Volkswirtschaftsplan:
»In fünf Jahren wird jeder Bürger der DDR eine Waschmaschine besitzen!« Ein Zwischenrufer aus der letzten Reihe:
»Und was ist mit dem Klopapier?«
Ulbricht weiter: »In weiteren fünf Jahren wird jeder Bürger der DDR einen Fernseher sein Eigen nennen.«
«Und was ist mit dem Klopapier?«
Ulbricht inzwischen genervt:
»In weiteren fünf Jahren wird jeder Bürger der DDR ein Auto haben!«
«Und was ist mit dem Klopapier?«
Ulbricht reißt der Geduldsfaden:
»Ach, leck mich doch am Arsch!«
»Das ist eine Einzellösung!
»Das ist eine Einzellösung!« →
Was ist mit der Allgemeinheit?«

EISENBAHNER
VERMEIDET JEDE ZUGVERSPÄTUNG!
ACHTET DIE MINUTE!
KÄMPFT FÜR EINE HOHE DISZIPLIN!
Pohl

Vom IV. zum V. Parteitag

1954-1958

30. März–6. April 1954: IV. Parteitag der SED +++ Juni 1954: Deutschlandtreffen der FDJ +++ 1954: Die Leuna Werke werden in Volkseigentum überführt und heißen »VEB Leuna-Werke Walter Ulbricht« +++ Juni 1954: Gründung der »Deutschen Lufthansa« in der DDR, ab 1958 »Interflug« +++ August 1954: Ab sofort dürfen DDR-Bürger nur noch 12 Pakete jährlich in den Westen senden und erhalten +++ November 1954: Aufruf des neugegründeten »Zentralen Ausschusses für Jugendweihe« zur Einführung der Jugendweihe +++ Januar 1955: Die Sowjetunion erklärt den Kriegszustand mit Deutschland für beendet +++ Mai 1955: Gründung des Warschauer Vertrages, acht Staaten unterzeichnen in Polen den militärischen Beistandspakt der sozialistischen Staaten +++ Juli 1955: Eröffnung des Tierparks in Berlin +++ August 1955: Das NOK der DDR und das der BRD beschließen die Entsendung einer gesamtdeutschen Olympiamannschaft zu den Olympischen Spielen nach Melbourne +++ September 1955: Die Sowjetunion bestätigt die volle Souveränität der DDR +++ September 1955: Mit der Hallstein Doktrin erklärt die BRD ihren Alleinvertreteranspruch +++ September 1955: Das neue Staatswappen wird eingeführt +++ Oktober 1955: Erste Direktübertragung eines Fußballspiels im DDR-Fernsehen +++ November 1955: Cruschtschow besucht Indien und trifft mit Nehru zusammen +++ Dezember 1955: Willi Schwabe moderiert die erste »Rumpelkammer« +++ Januar 1956: Auf dem IV. Schriftstellerkongress wir die Forderung nach der Durchsetzung des Sozialistischen Realismus gestellt +++ Januar 1956: Gründung der NVA +++ Februar 1956: Auf dem XX. Parteitag der KPdSU in Moskau enthüllt Chruschtschow von Stalin begangene Verbrechen +++ Mai 1956: Baustart für das Schwefelsäurekombinat in Coswig +++ Oktober 1956: In HO-Läden und Konsum-Verkaufsstätten ist ab sofort Teilzahlung möglich, allerdings nur für Waren, die ausreichend vorhanden sind +++ November 1956: Der ungarische Reformkommunist Imre Nagy erklärt den Austritt Ungarns aus dem Warschauer Pakt sowie die Neutralität des Landes, sowjetische Einheiten marschieren ein +++ März 1957: Vertragsabschluss über die zeitweise Stationierung sowjetischer Truppen in der DDR +++ April 1957: Gründung des »Deutschen Turn- und Sportbundes« +++ Oktober 1957: Die UdSSR starten den ersten künstlichen Erdsatelliten »Sputnik1« +++ November 1957: Erich Mielke wird Minister für Staatssicherheit +++ März 1958: Auf der dritten Hochschulkonferenz der SED werden die Aufgaben der Universitäten und Hochschulen beim Aufbau des Sozialismus festgelegt

In einer kleinen thüringischen Stadt fehlen zur Ortsparteiversammlung Stühle. Der Parteisekretär schickt zwei jungen Genossen zum Pfarrer, welche auszuborgen. Er gibt ihnen mit auf den Weg: »Sagt dem Pfarrer, ich stelle ihm nie wieder Genossen zum Glockenläuten zur Verfügung, wenn er nicht genügend Stühle rausrückt.« Der Geistliche gibt den beiden Männern ausreichend Stühle und bittet sie, dem Parteisekretär auszurichten: »Wenn keine Genossen zum Glockenläuten mehr kommen, schreibe ich auch kein Referat mehr für die Parteiversammlung.«

Die Angehörigen der Sowjetischen Streitkräfte in der DDR haben sich selten an Lotterien beteiligt. Warum?
Sie befürchteten, eine Reise in die Sowjetunion zu gewinnen.

»Diese Lederschuhe kann ich Ihnen sehr empfehlen, da gibt es sogar Garantie drauf«, sagt die HO-Verkäuferin.
»Was, garantiert Leder?«
»Nein, garantiert Schuhe!«

Thema das Schulaufsatzes ist das Schwein. Fritzchen schreibt: »Aus Ferkeln werden Schweine, und in der Stadt werden sie gefressen.« Der Lehrer weist Fritzchen drauf hin, dass man nicht »gefressen« sagt. Also korrigiert Fritzchen und liest vor: »… und in der Stadt werden sie genossen.«

Warum gibt's in Sachsen keine Hämorrhoiden mehr?
Unsere Arschlöcher sind alle in Berlin.

Die Lehrerin erklärt den Schülern das DDR-Emblem.
»Hier der Ährenkranz, der steht für die werktätigen Bauern. Dann haben wir den Hammer, der symbolisiert die Arbeiterklasse, und hier der Zirkel, der steht für die Intelligenz. Ihr merkt also, es ist für jeden etwas dabei.«
Da meldet sich Fritzchen:
»Und was symbolisiert den Beruf meines Vaters? Er ist Parteisekretär.«
»Nun«, sagt die Lehrerin, »siehst du, da oben im Zirkel gibt es ja noch die Niete.«

Ein Gast verlangt in einer HO-Gaststätte:
»Bitte Rinderroulade mit Klößen und Rotkohl …«
»Ham wa nich!«
»Dann nehme ich Schweinsmedaillons, junge Erbsen und …«
»Ham wa nich!«
»Dann eben Kalbskotelett mit Champi …«
»Ham wa nich.«
Der Gast schimpft: »Zum Kotzen …«
»Kommt sofort«, antwortet der Kellner.

Die transsibirische Eisenbahn.
Der Zug hält auf freier Strecke.
»Was ist los?« fragt ein Reisender.
»Nichts weiter«, sagt der Schaffner, »sie tauschen nur die Lokomotive.«
»Ach so, gegen eine neue?«
»Nein, gegen Wodka.«

Nach seiner großen Rede auf dem XX. Parteitag erhält Cruschtschow einen anonymen Zettel aus dem Saal: »Warum habt ihr das nicht schon früher gesagt?« Chruschtschow liest ihn vor und fragt: »Wer hat das geschrieben?« Schweigen im Saal. »Ich frage zum zweiten Mal: Wer hat das geschrieben?« Als auch die dritte Frage ohne Antwort bleibt, sagt er: »Seht ihr Genossen, deshalb.«

Die DDR wurde in das Guinness-Buch der Rekorde eingetragen. Sie hatte die meisten Kinder pro Banane.

Kommt ein junger Kandidat der SED zu seinem Parteisekretär und fragt: »Darf ich als zukünftiger Genosse noch die Redewendung ›Gott sei Dank‹ benutzen?« Antwortet der Parteisekretär: »Um Gottes willen!«

Fragt ein Reporter: »Wie ist Ihre Meinung zum neuen Parteitagskurs?«
»Find ich richtig.«
»Was sagen Sie zum Schriftstellerkongress?«
»Richtig, alles richtig.«
»Haben Sie denn keine eigene Meinung?«
»Gegen die kämpfe ich gerade an.«

Beschwert sich ein Löwe im Berliner Tierpark beim Wärter, warum er immer nur Äpfel zu fressen bekommt. Der Löwe im Nebenkäfig erhält jeden Tag Fleisch. Der Wärter verspricht, sich beim Tierparkdirektor zu erkundige.
Als er zurückkommt, sagt er zum Löwen: »Das hat schon seine Richtigkeit. Du sitzt auf der Planstelle eines Affen.«

Eine Frau in der HO-Abteilung wühlt sich durch die Stoffe. Das dauert inzwischen vom Morgen bis kurz vor Ladenschluss. Schließlich wählt sie einen Stoff aus und fragt die Verkäuferin: »Sie sagten doch, dass dieses das modernste Muster sei.«
»Nicht doch«, sagt die Verkäuferin, »das galt, als Sie zu suchen anfingen.«

Ein Journalist fragt den Bestarbeiter: »Wie lange arbeiten Sie schon in diesem VEB?«
»Über 20 Jahre«, antwortet der.
»Aber Moment, so lange gibt es doch noch gar keine volkseigenen Betriebe?«
Der Arbeiter zuckt die Schultern: »Überstunden, viele Überstunden!«

Während eines Manövers bleibt ein LKW der NVA im Schlamm stecken. Doch der Fahrer hat Glück, neben ihm hält ein Jeep mit vier Offizieren. Gemeinsam gelingt es ihnen unter großen Anstrengungen, den Wagen aus dem Dreck zu zerren. »Ein schönes Stück Arbeit«, bemerkt der eine Offizier, was haben Sie denn geladen?« »31 Soldaten.«

Die Leuna-Werke tragen den Ehrennamen >Walter Ulbricht<.
Auf einer Festveranstaltung hält er höchstpersönlich eine Rede.
»Das Werk gehört im Sozialismus dem Volk, also euch, dir und mir!
So sind wir jetzt alle Fabrikbesitzer, arbeiten nicht mehr für die
kapitalistischen Ausbeuter, sondern für uns selbst, ja!«
Am nächsten Morgen ertönt im Arbeiterzug zur Frühschicht
eine neue Durchsage:
»Nächste Haltestelle Spitzbarthausen! Alle Fabrikbesitzer aussteigen!«

Auf einer Parteikonferenz erläutert Ulbricht die schwierige Lage in der Versorgung und endet mit den Worten: »Aus diesem Grund, Genossen, den Riemen enger schnallen.« Da meldet sich ein Genosse: »Und wo gibt's Riemen, Genosse Ulbricht?

Der Brigadier ruft seine Kollegen zusammen: »Heute muss nach Feierabend die Baustelle aufgeräumt werden. Wer keine Lust hat, vortreten!« Alle treten vor, bis auf einen. »Und warum trittst du nicht vor?« »Keine Lust.«

Ein Mann schreibt einen Brief: »Liebe West-Oma, hab Dank für Dein Paket. Die Pistole ist gut angekommen, ich habe sie sofort im Garten vergraben, auch die Munition …«
Zwei Wochen später.
»Liebe West-Oma, so, jetzt kannst du die Tulpenzwiebeln schicken, die Stasi hat mir zweimal den ganzen Garten umgegraben …«

Frage: Welches ist der wichtigste
Buchstabe des Alphabets?
Antwort: Im Prinzip sind alle wichtig, aber
unersetzbar ist das »W« , denn sonst hieße es
»Arschauer Pakt« ,
»Alter Ulbricht« und »Affenbrüderschaft« .

Fritzchen bringt die Fibel seines älteren Bruders in die Schule.
Die Lehrerin sagt: »Das ist gut, dass ihr die Bücher teilt.
Lies uns doch mal ein Wort aus der Fibel vor.«
Fritzchen blättert und buchstabiert schließlich: »B-u-t-t-e-r. Butter.
Frau Lehrerin, was ist Butter?«
»Hm, wie soll ich das jetzt erklären, lasst uns im sozialistischen
Lexikon der DDR nachsehen.«
Die Lehrerin liest vor: »Butter: kapitalistischer Brotaufstrich 1957
nach einstimmigem Politbürobeschluss und mit Zustimmung
der Bevölkerung abgeschafft.«

**Dorfsekretär Kolja ist Delegierter der Parteikonferenz in Moskau.
Er nutzt die Gelegenheit, Nikita Chruschtschow eine Frage zu stellen,
die die Leute im Dorf schon lange bewegt: »Genosse Generalsekretär«,
sagt er, »ich möchte gern wissen, wann der Kommunismus kommt.«
»Nun, pass auf«,sagt Chruschtschow und tritt zum Fenster. »Sie hinunter.
Dort steht mein Tschaika und dort der vom Genossen Bulganin. Siehst du,
und wenn dann dein Tschaika dazwischensteht, dann haben wir Kommunis-
mus.« Zufrieden fährt Kolja zurück. Im Dorf wird er von seinem Nachbarn
befragt, ob er denn nun erfahren habe, wann der Kommunismus komme.
»Nun, pass auf«, sagt Kolja und tritt zum Fenster. »Dort, vor der Tür,
stehen meine Bastschuhe. Daneben die meiner Frau. Wenn jetzt noch die
Bastschuhe von Genossen Nikita Chruschtschow dazwischenstehen,
dann haben wir Kommunismus.«**

Wilhelm Pieck und Otto Grotewohl gehen am Sonntag zusammen in die Kirche. »Was können wir denn für ein Lied singen?« fragt Pieck.
»Vielleicht >Ein feste Burg ist unser Gott...‹?«, schlägt Grotewohl vor.
»Nein, das können wir doch nicht singen, wir glauben doch nicht an Gott!«, erwidert Pieck.
»Na dann lass uns doch mit der zweiten Strophe beginnen: ‚Mit unsrer Macht ist nichts getan, wir sind gar bald verloren ...‹«

Frau Grotewohl ruft Lotte Ulbricht an.
»Du, Lotte, kommste mit,
wir gehen zu Figaros Hochzeit?«
»Ach nein, ich kenn die Leute doch gar nicht.«

Hannibal, Lord Nelson und Napoleon besuchen die NVA. Nach der Besichtigung mehrerer Armeeverbände fragt sie der begleitende General, was sie sich von den Dingen, die sie gesehen haben, am meisten wünschen würden.
Hannibal: »Die Panzer – die wären viel besser gewesen als meine Elefanten.«
Lord Nelson: »Die U-Boote, da hätte ich noch mehr Schlachten gewonnen!«
Napoleon: »Ich hätte gerne das Neue Deutschland – wenn ich das damals gehabt hätte, wüsste die Welt heute noch nicht, dass ich bei Waterloo verloren habe!«

Nikita Chruschtschow soll den Nobelpreisfür Biologie bekommen. Wofür?
Er hat Weizen in der Ukraine gesät und in Kanada geerntet.

Was ist Kommunismus?
Wenn jeder von allem genug hat.

Die Lehrerin fordert die Kinder auf,
zusammengesetzte Substantive
zu bilden, die Nahrungsmittel bezeichnen.
Pflaumenmus, Apfelmus, Kartoffelmus.
»Sozialismus«, ruft Fritzchen.
»Aber Sozialismus ist doch nicht zum essen.«
»Das stimmt«, meint Fritzchen,
»mein Vater sagt:
›Der ist zum Kotzen.‹«

Walter Ulbricht besucht mit seinem Gefolge
das Goethehaus in Weimar. Er wird feierlich
begrüßt und durch die Gedenkstätte geführt.
Ulbricht ist schnell gelangweilt,
schleicht unbemerkt in ein Nebenzimmer
und setzt sich in einen bequemen Sessel.
Als ein Museumswärter das bemerkt,
versucht er Ulbricht stotternd beizubringen,
dass sich niemand in Goethes Sessel setzen darf:
»Verehrter Herr Staatsratsvorsitzender …
in diesem Sessel hier … da hat vorher immer nur …
das ist nämlich Goethes Sessel …
da darf niemand …«
Darauf Ulbricht unwirsch:
»Nu, ist doch kein Problem,
wenn der Genosse wiederkommt,
steh ich eben auf!«

Fritzchen will sein Schulbrot nicht essen.
Der Lehrer bemerkt das und sagt:
»Fritz, iss dein Brot auf!«
Fritzchen: »Warum soll ich das Brot aufessen,
wenn ich nicht will?«
»Damit du groß und stark wirst.«
»Warum soll ich groß und stark werden?«
»Damit du arbeiten und unsere Republik stärken
kannst.«
»Warum soll ich arbeiten und unsere Republik
stärken?«
»Damit du dein Brot verdienen kannst«
»Aber ich will doch kein Brot.«

Bei der goldenen Hochzeit wird der Ehemann gefragt:
Was war denn die schönste Zeit in all den Ehejahren?
Darauf antwortet er:
Die fünf Jahre russische Kriegsgefangenschaft.

**Frage: Was gab es früher:
die Henne oder das Ei?
Antwort: Früher gab es beides.**

Stehen zwei am Tresen. Fragt der eine: »Kennst du den Unterschied zwischen Bier und Walter Ulbricht?«
»Ja«, sagt der andere, »Bier ist flüssig und Walter Ulbricht überflüssig.«
»Kennst du auch den Unterschied zwischen dir und dem Tresen?«
»Nein, den kenne ich nicht.«
»Dann sag ich ihn dir: Der Tresen bleibt stehen, und du kommst mit.«
Nach zwei Jahren treffen sich beide wieder. Fragt wieder der eine: »Kennst du den Unterschied zwischen einem Schwein und Walter Ulbricht?«
Der andere, klug geworden, sagt: »Ich kenne keine Unterschiede mehr!«

Anfrage des Landwirtschaftsministeriums an eine sächsische LPG: »Genossen, könnt ihr die Milchproduktion um 10 Prozent steigern?«
»Kein Problem.«
»Genossen, könnt ihr die Milchproduktion um weitere 20 Prozent steigern?«
»Natürlich können wir auch das, aber dann wird die Milch schon sehr dünn!«

Hast du schon gehört? Die S-Bahnhöfe an der Grenze zu Westberlin sollen alle in ›Schiller-Bahnhof‹ umbenannt werden. Warum? Alle zwanzig Minuten kommen die Räuber.

Der Lehrer fordert: »Bildet einen Satz mit den beiden Substantiven Partei und Frieden!« Fritzchen meldet sich: »Mein Vater sagt immer: ›Lasst mich mit der Partei in Frieden.‹«

Chruschtschow besucht Indien.
Während eines Banketts will er den indischen Ministerpräsidenten zu einem Glas Wodka überreden. Der lehnt aus religiösen Gründen ab. Chruschtschow bietet eine Zuckerfabrik an.
Der Inder bleibt konsequent. Nikita bietet zwei, schließlich drei Zuckerfabriken an. Der Inder trinkt ein Glas. Da lacht Nikita schallend. »Warum lachen Sie, wenn ich mich im Interesse meines Volkes über unsere religiösen Anschauungen hinwegsetze?«, fragt der Inder.
»Ich lache nicht über Sie, ich stelle mir vor, was Ulbricht für ein Gesicht macht, wenn er erfährt, dass er jetzt drei Zuckerfabriken nach Indien liefern muss!«

Cruschtschow ist in China auf Staatsbesuch. Nach erfolgreichem Abschluss der Verhandlungen bittet der chinesische Außenminister um Wirtschaftshilfe. Cruschtschow stimmt zu und fragt, was gebraucht wird.
»Als erstes« , meint der Chinese, »brauchen wir 10 Traktoren.«
Cruschtschow überlegt kurz und stimmt zu.
»Als zweites benötigen wir 500 Fahrräder.«
Cruschtschow überlegt wieder und stimmt schließlich zu.
»Als drittes« , sagt der Chinese, »benötigen wir 1000 Tonnen Reis.«
Cruschtschow überlegt: »Reis? Tut mir leid, Reis geht nicht. Soweit ich weiß, wird in der DDR kein Reis angebaut.«

Ein Ungar, ein Russe und ein DDR-Bürger fahren im Zug und streiten sich darüber, in welchem Land mehr Wohlstand herrsche. Der Ungar holt eine Salami aus der Tasche, beißt hinein und wirft den Rest zum Fenster hinaus. Auf erstauntes Fragen der anderen erklärt er: »Wir haben so viel davon, die können wir gar nicht alle essen!« Daraufhin holt der Russe eine Flasche Wodka, nimmt einen Schluck, wirft die Flasche zum Fenster raus und sagt: »Wir haben so viel davon, dass das Zeug im Regal steht.« Als der Zug durch einen Tunnel gefahren ist, fragt der Ungar den DDR-Bürger erstaunt, wo der Russe geblieben sei. Meint der: »Wir haben so viele davon …«

Bei der Weiterbildung der LPG-Bauern fragt der Dozent: »Wieviel Ökonomen werden gebraucht, um eine Kuhe zu melken?« Meldet sich ein Bauer: »44« – »Wieso?« fragt der Ökonom. Der Bauer: »4 Ökonomen halten die Zitzen, und 40 bewegen die Kuh rauf und runter.«

Walter und Lotte Ulbricht beobachten beim Spaziergang in der Nähe von Oberhof einen Bauern, der Pferdeäpfel von der Straße aufsammelt. »Nu, Genosse Bauer«, sagt Walter, »weswägen sammeln Se die?« Der Bauer antwortet: »Das ist für die Erdbeern.« Darauf Walter: »Siehste, Lotte, es muss nich immer Schlagsahne sein!«

Bereit zur Arbeit und zur Verteidigung der Heimat

Vom V. zum VI. Parteitag

1958-1963

10.–16. Juli 1958: V. Parteitag der SED, der »Sieg der sozialistischen Produktionsverhältnisse« wird als Hauptaufgabe aller Parteien und Massenorganisationen der DDR festgelegt, der Lebensstandard der Bundesrepublik soll bis 1961 überflügelt werden +++ Oktober 1958: Die erste zentrale »Messe der Meister von morgen« wird in Leipzig eröffnet +++ April 1959: Erste Bitterfelder Konferenz: »Greif zur Feder, Kumpel, die sozialistische deutsche Nationalkultur braucht dich!« +++ Juni 1959: Die Volkskammer verabschiedet das Gesetz über die Landwirtschaftlichen Produktionsgenossenschaften +++ Oktober 1959: Das Staatswappen – Hammer, Zirkel, Ährenkranz – wird auf der Flagge eingeführt +++ September 1959: »Blitz kontra Knollenschreck«, die FDJ startet eine Aktion zur Kartoffelernte +++ Februar 1960: Das FDGB-Urlauberschiff »Völkerfreundschaft« geht auf seine erste Reise +++ März 1960: Erste Sendung »Der schwarze Kanal« von Karl-Eduard von Schnitzler +++ April 1960: Auf Anordnung des Ministerrats wird auf Landkarten der Begriff Deutschland nicht mehr verwendet +++ Mai 1960: Der Sieg der »sozialistischen Produktionsverhältnisse auf dem Land« wird verkündet +++ September 1960: Wilhelm Pieck stirbt. Das Amt des Staatspräsidenten wird durch den Staatsratsvorsitzenden ersetzt, das Walter Ulbricht am 12. September übernimmt +++ August 1960: Aufkündigung des Interzonenabkommens +++ April 1961: Juri Gagarin fliegt als erster Mensch ins Weltall +++ Juni 1961: Willi Stoph räumt im »ND« ein, dass es Versorgungsprobleme bei Fleisch und Milch gibt +++ Juni 1961: Walter Ulbricht erklärt auf einer internationalen Pressekonferenz: »Niemand hat die Absicht, eine Mauer zu errichten.« +++ August 1961: Schließung der Grenzübergänge nach Westberlin, der Mauerbau beginnt +++ Oktober 1961: Beim XXII. Parteitag der KPdSU deuten sich Differenzen mit China an, die chinesische Delegation reist vorfristig ab +++ Oktober 1961: Am Checkpoint Charly stehen sich sowjetische und amerikanische Panzer gegenüber +++ Dezember 1961: Fidel Castro erklärt Kuba zur sozialistischen Republik +++ Januar 1962: Die Bauarbeiten am Rostocker Hafenbecken werden abgeschlossen +++ Januar 1962: Die Volkskammer beschließt das »Gesetz über die allgemeine Wehrpflicht« +++ September 1962: Bildung von Reservistenkollektiven in Betrieben und Institutionen +++ Januar 1963: Die DDR unterhält mit 13 Staaten diplomatische Beziehungen +++ Januar 1963: Walter Ulbricht lässt am Deutschen Theater das Stück »Die Sorgen und die Macht« wegen »Missverstehens der Rolle der Partei« verbieten

Warum ist die DDR eine Sportnation?
Die Leute lernen beizeiten, sich nach der Decke zu strecken.

Auch in diesem Jahr findet wieder das Festival des politischen Witzes statt.
Erster Preis:
Zehn Jahre Winterurlaub in Sibirien.

Treffen sich zwei Hausfrauen im Treppenhaus und kommen ins Gespräch. Prahlt die eine: »Mein Mann ist nämlich Generaldirekto im Chemiebetrieb und kriegt 4000 Mark. Wo ist denn ihr Mann?«
Die andere: »Der ist bei der Staatssicherheit.«
Fragt die eine: »Und was kriegt er da so?«
Die andere darauf:
»Weiß ich noch nicht, die haben ihn gestern erst geholt.«

Klein Egon besucht zum ersten Mal den Tierpark. Interessiert beobachtet er die Elefanten und fragt: »Papi, warum haben die Elefanten so eine dickeHaut?« Da kommen ein Wanderer des Wegs und sagt: »Die braucht die HO für Bockwürste!«

„Mutti, verreisen wir nun . . . oder ziehen wir um?"

Reportage: »Meine Hörerinnen und Hörer, ich stehe an der sowjetischen Grenze und erlebe, wie von chinesischer Seite ein friedlicher russischer Mähdrescher beschossen wird. Sie werden sich fragen, was macht der friedliche sowjetische Mähdrescher?
Ja, ich kann es Ihnen sagen, er schießt zurück und fliegt davon.«

1.-Mai-Losung:
Fortschrittliche Werktätige!
Vorwärts zum zweiten Fünfjahrplan
zur Erfüllung des ersten Fünfjahrplans!

Ulbricht steht an der Mole in Rostock
und sieht beim Beladen der Schiffe zu.
Er fragt die Seeleute: »Wo fahrt ihr hin?«
»Nach Kuba.«
»Was bringt ihr hin?«
»Maschinen und Fahrzeuge.«
»Womit kommt ihr zurück?«
»Mit Apfelsinen.«
Er fragt die Seeleute eines zweiten Schiffes:
»Wo fahrt ihr hin?«
»Nach Afrika.«
»Was bringt ihr hin?«
»Maschinen und Fahrzeuge.«
»Womit kommt ihr zurück?«
»Mit Bananen.«
Und die eines dritten Schiffes:
»Wo fahrt ihr hin?«
»In die Sowjetunion.«
»Was bringt ihr hin?«
»Apfelsinen und Bananen.«
»Womit kommt ihr zurück?«
»Mit dem Zug.«

Da stöhnt der positive Held,
weil ihm der Weg so bitter fällt.

Warum ist Leipzig
die frömmste Stadt?
Zweimal im Jahr ist Messe,
ansonsten ist Fasten.

Ein Amerikaner sieht zur Messezeit in Leipzig eine lange Schlange vor einem Lebensmittelladen.
»Bei uns kann man ohne weiteres alles kaufen«, sagt er.
»Das war früher bei uns auch so. Da sehen Sie mal, wie weit die USA zurückgeblieben ist.«

Oma Elfriede erwartet Besuch
von Tante Erna aus Hamburg. Sie will was auffahren
für die Westverwandschaft und geht in den Konsum.
»Ein Pfund Salami, bitte.«
»Ham wa nich.«
»Ein Kilo Apfelsinen, bitte!«
«Ham wa nich.«
»Eine geräucherte Forelle, vielleicht?«
«Ham wa nich.«
»Sagen Sie mal, warum haben Sie das alles nicht?«
«Da ist der Adenauer Schuld, der hat das
Interzonenabkommen aufgekündigt.«
Darauf die Oma:
»Wenn ich den treffe – dem reiße ich den Spitzbart ab.«

DDR

Ein Ehepaar aus der DDR fährt nach Moskau und geht ins GUM einkaufen.
Eine Verkäuferin fragt:
»Sind Sie aus Deitschland?«
»Ja!«
»Was für ein Deitschland?
Deitschland über alles?
Oder Deitschland, Deitschland ohne alles?«

Die Völkerfreundschaft, das FDGB-Urlauberschiff, verunglückt. Es stellt sich heraus, dass die Rettungsboote nicht reichen. Jeder bekommt eine Schwimmweste und soll springen. Keiner traut sich. Da nimmt der Kapitän die Sache in die Hand und redet mit den Leuten. Einer nach dem anderen springt ins Wasser. Als die Passagiere von Bord sind, sagt der 1. Offizier: »Alle Achtung, dass Sie die Leute überreden konnten!«
»Wieso überreden? Ich habe gesagt, es ist ein Parteiauftrag.«

Der Referent spricht über Automatisierung und Arbeitszeitverkürzung: »Vielleicht, Kollegen, kommt einmal die Zeit, wo ihr dann bloß noch eine halbe Stunde täglich zu arbeiten braucht!« Da kommt ein Wanderer des Wegs und sagt: »Passt auf, Kollegen! Der will euch um die Frühstücks- und Mittagspause bringen!«

Bedeutung von Flagge und Staatswappen der DDR: Ich sehe schwarz für die Roten und ihre goldene Zukunft. Wenn sie so weiter zirkeln, bekommen sie den Hammer auf den Kopf und können sich die Ähren von unten ansehen.

Schulung der LPG-Bauern: »Die Sowjets fliegen schon zum Mond«, ruft der Parteiredner. Hoffnungsvoll fragt ein Bauer: »Alle?«

Betriebsversammlung der LPG, die Genossen werden aufgefordert, Fragen zu stellen. Fragt Genosse Müller: »Warum steigt unsere Produktion jährlich, aber wir haben immer weniger zu essen?« Sagt der Parteisekretär: »Gute Frage, Genosse Müller, wir werden sie dir auf der nächsten LPG-Versammlung beantworten.« Nächste LPG-Versammlung, Fragestunde, lange keine Fragen, dann fragt Genosse Meier: »Wo ist eigentlich Genosse Müller?«

Ein ziemlich bekannter SED-Funktionär bestellt in einem Ost-Berliner Restaurant eine Tasse Tee. Der Kellner, der den Genossen erkannt hatt, fragt: »Russischen oder chinesischen?« Der Funktionär überlegt eine Weile und meint schließlich: »Wissen Sie was? Bringen Sie mir eine Tasse Kaffee!«

Kennedy und Chruschtschow wollen wissen, wie die Menschheit im Jahr 2000 leben wird. Sie füttern einen Großrechner mit ihren Daten. Zwei kleine Zettel kommen aus dem Rechner. Kennedy nimmt seinen Zettel, liest und versteckt ihn. Chruschtschow nimmt seinen, liest und versteckt ihn auch. »Na sag schon, was auf deinem Zettel steht« , fordert er Kennedy auf. Nach einigem Zögern liest der vor: »Im Jahr 2000 hat der Kommunismus gesiegt. Und nun liest du vor.« Chruschtschow ziert sich.
»Das ist unfair«, sagt Kennedy, »nun mach schon!«
»Da, bitte«, sagt Chruschtschow und hält Kennedy den Zettel hin.
»Kannst du etwa Chinesisch lesen?!«

Und sind die Straßen auch hulprig / wir wählen Walter Ulbricht!

Ulbricht bekommt zu seinem Geburtstag von Chruschtschow einen Tschaika geschenkt. Bei der Übergabe sagt Nikita: »Das ist ein besonderes Auto – bies motora, ohne Motor.«
Verwundert fragt Walter: »Wieso ohne Motor? Das geht doch nicht!«
Chruschtschow antwortet: »Wozu brauchst du einen Motor, wenn es in der DDR doch nur abwärts geht?«
Daraufhin Walter: »Und wenn es dann doch wieder aufwärts geht?«
Nikita: »Dann sitzt du nicht mehr am Steuer.«

Das Neue Deutschland muss eine Falschmeldung dementieren: »Es stimmt nicht, dass der Benzinpreis zum 10. Jahrestag der DDR um 50 Pfennige gesenkt wird. Es musste richtig heißen, dass der Preis zum 50. Jahrestag um 10 Pfennige heraufgesetzt wird.«

Der Fahrdienstleiter des Leipziger Hauptbahnhofs ist verhaftet worden. Er hat bei der Ankunft von Walter Ulbrichts Sonderzug gerufen: »Zurücktreten! Bitte sofort zurücktreten!«

Zum zehnten Jahrestag der DDR-Gründung gibt es einen festlichen Empfang. Beim Buffet liegen edle Silberbestecke. Sowohl Walter Ulbricht als auch Willi Stoph würden gern eins mitgehen lassen, aber es tritt eine unbeobachtete Situation ein. Als Stoph einen günstigen Moment für gekommen hält, steckt er ein Besteck in seine Jackentasche. Nur Walter Ulbricht hat es bemerkt. Als Ulbricht unmittelbar darauf eine Rede zu halten hat, endet er mit den Worten: »Und zum Schluss, liebe Genossinnen und Genossen, möchte ich euch noch ein Zauberkunststück vorführen. Seht mal her: Ich nehme jetzt ein Besteck und stecke es in meine Jackentasche. Hokuspokus! Und hole es beim Genossen Willi Stoph aus der Jackentasche wieder raus ...«

**»Madame Ulbricht«, sagt die Hausangestellte.
Lotte unterbricht: »Aber, wie redest du mich an?«
Die Hausangestellte korrigiert sich: »Genossin Ulbricht. Ich habe heute meinen freien Abend, da gehe ich in die Oper und sehe mir ›Genossin Butterfly‹ an.«**

Ulbrichts Frau bestellt bei ihrer Schneiderin eine neue Bluse. Neben den üblichen Angaben über Maße, Farbe, Schnitt gibt sie auch an, dass diese neue Bluse »Bordellärmel« erhalten soll.
Die Schneiderin ist ratlos und weiß nicht, was damit gemeint ist. Um das abzuklären, ruft sie bei Ehemann Walter an und fragt nach. Sagt dieser: »Ach, die drückt sich nur so vornehm aus, die meint natürlich Puffärmel!«

»Im August 1961 haben sich über fünfzigtausend Bürger beim Leichtathletikverband angemeldet.«
»Tja, unsere Menschen sind eben sportbegeistert ...«
»Sie wurden aber nicht aufgenommen.«
»Warum denn nicht?«
»Sie wollten Stabhochsprung trainieren ...«

Brandt und Adenauer lassen Ulbricht mitteilen, dass sie mit ihm auf keinen Fall Skat spielen würden. Er reize nur bis 13 und finge danach sofort an zu mauern.

Zehnjahresfeier im VEB Fahrradwerk Karl-Marx-Stadt. Der Betriebsdirektor hält eine Rede. Er begrüßt die Belegschaft, die Vertreter von Partei und Regierung, schließlich auch nicht ohne Rührung den ersten Kunden des Betriebs, der am Tag der Eröffnung vor zehn Jahren eine Fahrradkette zur Reparatur brachte.
Der Mann dankt mit bewegten Worten, dann fügt er hinzu: »Dürfte ich vielleicht fragen, wann ich mir die Kette wieder abholen darf?«

Wer ist der größte Feldherr der Weltgeschichte?
Walter Ulbricht.
Er hat zwei Millionen Menschen in die Flucht geschlagen und 17 Millionen gefangengenommen.

„Du hast gut lachen, warst beim VEB Tiefbau, ehe du zur Grenze gegangen bist."

Zwei Soldaten an der Mauer.
Sieh, da drüber, ein herrlicher Regenbogen, meint der eine.
Ja, schon, entgegnet der andere, aber für Arbeiter haben sie kein Geld übrig.

Wie heißt das blumenreichste Land der Erde?
DDR.
17 Millionen Mauerblümchen und eine Bartnelke.

Der Lehrer zu seinen Schülern: »Hört mal Kinder, nächste Woche besucht uns der Genosse Walter Ulbricht, wer kann denn zur Begrüßung ein Gedicht aufsagen?«
Meldet sich Fritzchen: »Unsere Katze hat Junge bekommen, sechs an der Zahl, fünf sind Kommunisten, eins ist noch neutral.«
»Prima«, lobt der Lehrer, »das sagst du dann auf.«
Eine Woche später, Walter Ulbricht trifft in der Schule ein.
»Na Kinder, wer kann mir denn mal ein Gedicht aufsagen?«
»Fritzchen, der kann ein ganz tolles, Genosse Ulbricht«, sagt der Lehrer.
Fritzchen: »Unsere Katze hat Junge bekomme, sechs an der Zahl, fünf sind jetzt im Westen, eins ist nicht normal.«
Der Lehrer völlig entsetzt: »Aber Fritzchen, wie kann denn so was passieren. Letzte Woche ging das Gedicht ja noch ganz anders.«
»Ja, Herr Lehrer, letzte Woche waren die Katzen ja auch noch blind.«

Treffen sich zwei Maulwürfe an der Mauer.
»Los«, sagt der eine zum andern.
»Wie wir heute arbeiten, so werden wir morgen leben.«

»Sie brauchen keine Fahrerlaubnis mehr zu machen«, sagt der Volkspolizist zum Fahrschüler. Erstaunt fragt der: »Wieso denn das?« »Na sehen Sie, in der Straßenverkehrsordnung steht: Fahren in umzäunten Grundstücken ist auch ohne Fahrerlaubnis gestattet.«

Westberlin soll überdacht werden, damit man, wenn man in Schönefeld mit dem Flugzeug landet, nicht mehr den faulenden Kapitalismus sehen muss. Die Mauern stehen schon.

Anfrage an Sender Jerewan:
Worin besteht der Unterschied zwischen einem Gespenst und sozialistischer Leitungstätigkeit?
Antwort: Es gibt keinen, alle reden davon, manche beschreiben es auch, aber gesehen hat es noch niemand.

Die russischen Kosmonauten haben aber Pech gehabt!
Wieso?
Da fliegen sie um die ganze Erde und landen ausgerechnet wieder in der Sowjetunion!

Frage: Stimmt es, dass dem Kosmonauten Gagarin auf dem Roten Platz ein rotes Auto überreicht worden ist?
Antwort: Im Prinzip ja. Nur handelte es sich nicht um den Kosmonauten Gagarin, sondern um einen Arbeiter gleichen Namens. Und es geschah nicht in Moskau, sondern in Kiew. Es war auch kein Auto, sondern ein Fahrrad, und es wurde ihm nicht überreicht, sondern gestohlen.

Wie erklärt sich die DDR-Fahne?
Ganz einfach: An einem schwarzen Tag kam die Rote Armee und hat dem Volk goldene Zeiten versprochen.
Danach musste das Volk ganz schön zirkeln, damit es nicht unter den Hammer kam.

Erich Mielke als Gastredner auf dem Schriftstellerkongress: »Liebe Genossen, liebe Kollegen, wir im Ministerium für Staatssicherheit verfolgen aufmerksam die Literatur unserer Republik.«

»Die Erfolge der sowjetischen Wissenschaft werden der gesamten Menschheit zugute kommen«, erklärt ein russischer Gastdozent. »Unsere Sputniks waren nur der Anfang. Bald wird der Tag kommen, an dem man zum Flughafen Berlin-Schönefeld geht und eine Fahrkarte zum Mond oder zur Venus kaufen kann!« »Fantastisch« , meint ein Student, »vielleicht haben wir von dort Anschluss nach Hamburg oder Köln!«

Warum durfte ein DDR-Bürger nicht gemeinsam mit einem Bundesbürger Alkohol trinken? Weil sie dann beide die gleiche Fahne gehabt hätten.

Eine amerikanische Delegation besucht das Ernst-Thälmann-Werk in Magdeburg. Vor der Fabrik steht ein großes Auto. Die Amerikaner fragen: »Wem gehört die Fabrik?«
»Nun, den Arbeitern!«
»Und wem gehört das Auto?«
»Nun, dem Direktor.«
»Seltsam, bei uns ist es genau umgekehrt!«

Das übliche Schlangestehen; man schimpft auf die Versorgungslage. »Aber jetzt wird es besser, es soll mehr Mais angebaut werden«, erklärt ein Genosse die neue ‚Agrarpolitik Chruschtschows.
Da sagt ein Mann: »Wird auch Zeit! Das Korn reicht ja kaum für den Schnaps!«

»Entschuldigung, Kollegen,
ist das die Sitzung, die um 14.00 Uhr stattfinden sollte?«
»Nein, das ist die Sitzung von 8.30 Uhr!«
»Na wie spät ist es denn jetzt?«
»16.00 Uhr, Kollege.«

Wo wären die amerikanischen Astronauten gelandet, wenn es den Mond nicht gegeben hätte? Natürlich in der DDR, denn die liegt noch ein Lichtjahr hinter dem Mond.

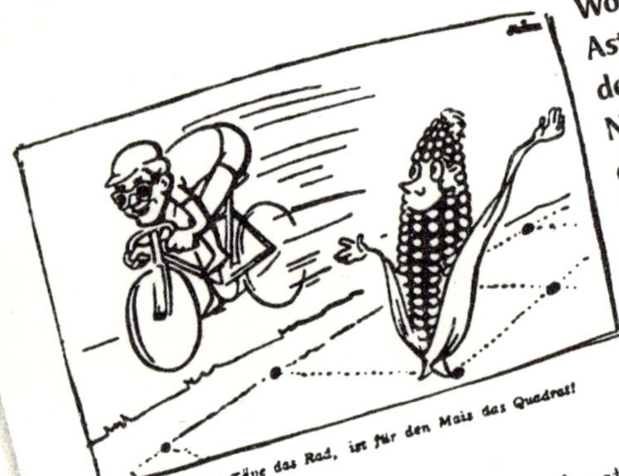

Was für Täve das Rad, ist für den Mais das Quadrat!

Ein ausländischer Journalist fragt einen DDR-Kollegen:
»Wie sind jetzt die Beziehungen der DDR zur Sowjetunion?«
»Ach, sehr gut. Wir liefern den Russen Getreide, und die nehmen uns dafür unseren Zucker ab.«

Der Lehrer fragt die Schüler nach ihren Berufswünschen. »Ich will Parteisekretär werden«, sagt Hänschen. »Ich will Gewerkschaftsfunktionär werden«, sagt Frank. »Und ich, ich weiß es noch nicht«, sagt Fritzchen. »Ich weiß nur, dass ich auch nicht arbeiten will.«

Zwei LPG-Bauern schauen zum Himmel.
»Eh nu, ein Flugzeug!«, sagt der eine.
»Bestimmt die Regierung!«, erwidert der andere.
»Eh nu, eher unwahrscheinlich.
Wenn's die Regierung wäre, würden weiße
Männer auf Motorrädern drum herum sein.«

**Woran merkt man, dass die Stasi
Robotron-Wanzen bei einem einsetzt?
Man hat einen neuen Schrank im Zimmer
und ein Trafohäuschen vor der Tür.**

Auf einer Baustelle.
Sagt einer: »32 Grad im Schatten,
da kann mann überhaupt nicht arbeiten.«
»Blödsinn«, meint ein anderer,
»dann stell dich doch nicht in den Schatten!«

»Schon fertig mit Holzhacken?«
fragt ein LPG-Bauer den
Nachbarn, der im Schatten liegt.
»Ja«, erwidert der, »heut Nacht hat
ein Blitz das Holz kurz
und klein geschlagen.«
»Und was machst du jetzt?«
»Jetzt warte ich, dass ein Erdbeben
die Kartoffeln aus dem
Boden schüttelt.«

Im Gerichtsgebäude kommt ein Richter zu seinen Kollegen in die Kantine und kann sich vor Lachen kaum halten. Seine Kollegen fragen, was los ist.
»Ach, ich habe gerade einen Witz über unsere Staats- und Parteiführung gehört!«
»Und wie geht der? Erzähl mal!«
»Wo denkt ihr hin! Ich hab den Witzerzähler zu drei Jahren verknackt!«

»Die UdSSR«, prahlt ein Sowjetbürger, »ist so groß, dass man von der West- zur Ostgrenze 14 Tage mit der Eisenbahn benötigt!«
»Ja, ja«, seufzt da der DDRler verständnisvoll, »diese ewigen Kontrollen ...«

Zwei Bauarbeiter laufen auf der Mauer entlang.
Sagt der eine zum anderen:
Was machst'n, wenn ich dir jetzt 'nen Arschtritt gebe?
Dann schick ich Dir jedes Jahr ein Westpaket.

Die Autobahn Berlin-Rostock
wird nun doch nicht gebaut?
Wieso denn nicht?
Weil sie die Betonteile erst mal um Berlin
herum zum Trocknen aufgehängt haben.

Streifengang an der Berliner Mauer:
»Was würdest du tun, wenn die Mauer
plötzlich einstürzen würde?«
»Ich würde sofort auf einen Baum klettern.«
»Wieso?«
»Na, denkst du, ich will totgetrampelt werden?«

Ein Delegierter von der Tschuktschenhalbinsel komm zur Parteihochschule in Moskau und wird auf seine Vorkenntnisse geprüft: »Bitte Genosse, sage uns, wer war Karl Marx, wer Friedrich Engels?« Achselzucken.
»Kannst du uns sagen, wer Lenin war? Oder Stalin?« Schweigen.
Der Vorsitzende der Prüfungskommission ruft den Parteisekretär des Autonomen Gebietes der Tschuktschen an:
»Sag mal, wen habt ihr uns da geschickt?
Der kennt ja nicht mal Lenin und Stalin!«
»Na, warum regst du dich auf! Ihr in Moskau habt eure Bekannten, wir haben unsere.«

Fritzchen geht mit seinem Vater spazieren. Sie kommen an einem Arbeiterdenkmal vorbei. Wieso fragt Fritzchen, ist denn der Arbeiter so klein? Das entspricht gar nicht der Wirklichkeit und dem sozialistischen Realismus? Doch, das ist schon in Ordnung. Der Arbeiter hat zehn Jahre am Betriebsessen teilgenommen.

Was ist die Lieblingssportart der DDR-Bürger?
Bobfahren –
links ne Mauer, rechts ne Mauer und
es geht immer bergab.

Prüfungsfrage an den Studenten:
»Welche beiden Systeme sind
miteinander unvereinbar?«
»Das sozialistische System
und das ...«
Der Student kommt nicht weiter.
»Na? na?...« fragt der Dozent.
»Das Nervensystem!«

Wie kann man mit einem Aal die Himmelsrichtung bestimmen?
Man legt ihn auf den antifaschistischen Schutzwall, wo er runtergezerrt wird, ist Osten.

Fragt ein Freund den anderen:
»Was würdest du machen, wenn die Mauer ein Loch hätte und man einfach durch könnte?«
»Na, was schon! Hinten anstellen und warten.«

Auf weitere gute Erfolge!

Vom VI. zum VII. Parteitag

1963–1967

15.–21. Januar 1963: VI. Parteitag der SED, die »10 Gebote für den neuen sozialistischen Menschen«, von Ulbricht auf dem V. Parteitag postuliert, werden in das Parteiprogramm der SED aufgenommen +++ Mai 1963: Beschluss zur Bildung von Arbeiter-und-Bauern-Inspektionen +++ Juli 1963: Chruschtschow reist nach Berlin, um Ulbricht zum 70. Geburtstag zu gratulieren +++ Juli 1963: Die DDR tritt dem Abkommen über Kernwaffenversuche bei +++ Oktober 1963: Das bisher größte Abkommen zwischen DDR und Sowjetunion über Warenaustausch wird geschlossen +++ November 1963: Margot Honecker wird Volksbildungsministerin +++ Dezember 1963: Einweihung der Erdölleitung »Freundschaft« +++ 1963: Die Produktion des Trabants Typ P601 beginnt +++ 1963: Günter Mittag und Erich Apel entwerfen das »Neue ökonomische System der Planung und Leitung« +++ Mai 1964: Beschluss eines neuen Jugendgesetzes +++ Mai 1964: Deutschlandtreffen der Jugend in Berlin, das Jugendstudio DT64 nimmt seine Sendetätigkeit auf +++ August 1964: Ausgabe neuer Banknoten +++ September 1964: Der Ministerrat der DDR beschließt die Möglichkeit einer jährlichen Besuchsreise von Bürgern der DDR im Rentenalter in die BRD +++ September 1964: Ministerpräsident Otto Grotewohl stirbt, sein Nachfolger wird Willi Stoph +++ Oktober 1964: Der neuerbaute Amtsitz des Staatsrates am Marx-Engels-Platz wird eingeweiht +++ Oktober 1964: Cruschtschow wird seines Amtes enthoben, Grund sind der sich verschärfende Konflikt mit China und der wirtschaftliche Misserfolg. Neuer Regierungschef wird Alexej Kossygin, neuer Parteichef Leonid Breshnew +++ Januar 1965: Die Vereinigung Interhotel wird gegründet +++ Februar/ März 1965: Als erstes nichtsozialistisches Ausland empfängt Ägypten Ulbricht mit allen Ehren eines Staatsoberhauptes +++ November 1965: Erster Besuch Breshnews in der DDR +++ Dezember 1965: Der Vorsitzende der staatlichen Plankommission, Erich Apel erschießt sich mit seiner Dienstwaffe +++ 1966: Der Fußballclub BFC Dynamo wird gegründet, Vorsitzender ist Erich Mielke +++ Februar 1966: Der erste DEFA-Indianderfilm, »Die Söhne der großen Bärin«, kommt in die Kinos +++ April 1966: Der erste Wohnblock des Neubaugebiets Rostock-Lüttenklein wird übergeben +++ August 1966: Das ZK der KP Chinas ruft die »Große Proletarische Kulturrevolution« aus +++ November 1966: Der VEB Strickmaschinenbau Karl-Marx-Stadt ruft zum Wettbewerb unter der Losung: »Rationeller produzieren – für dich, für deinen Betrieb, für unseren sozialistischen Friedensstaat – dem VII. Parteitag entgegen.«

Eheleute Ulbricht im Bett. Er liest ein Westmagazin. Plötzlich Walter: »Steh mal auf, Lotte.« Lotte steht auf und Walter betrachtet sie. »Lotte, zieh mal dein Hemd aus!« Sie ist peinlich berührt, stellt sich aber nackt hin. Walter betrachtet seine Frau eingehend und sagt: »Jetzt lauf mal ein bisschen vor dem Bett auf und ab.« Lotte läuft hin und her. Walter schüttelt ratlos den Kopf: »Also Lotte, ich kann nicht verstehen, was die Kapitalisten am Striptease finden!«

Impressionismus ist,
wenn ein Maler malt, was er sieht.
Expressionismus ist,
wenn ein Maler malt, was er empfindet.
Sozialistischer Realismus ist,
wenn ein Maler malt, was er hört.

Sagt der FDJ-Sekretär zur Jugendbrigade: Ich habe zwei Nachrichten für euch, eine gute und eine schlechte. Zuerst die schlechte: Wir müssen morgen 500 Säcke Kartoffeln verladen. Nun die gute: Es sind weder Säcke noch Kartoffeln da.

Walter Ulbricht hält eine Rede im Radio.
Darauf der Rundfunksprecher:
»Nu – nu – nu …«
Mit dem letzten Ton des
Staatsratsvorsitzenden war es 13 Uhr!«

Erich Mielke,
Staatssicherheitschef und
Vorsitzender von Dynamo,
sagt zu Ulbricht: »Schade, es gibt momentan
so wenig Fußball im Fernsehen.«
Darauf Ulbricht:
»Nu ja, bei dem schönen
Wetter können die ja auch
wieder draußen spielen!«

Warum ist der Trabi lackiert?
Damit er bei Regen nicht einläuft.

Zwei Wismut-Aue-Fans treffen sich. »Du, meine Frau will sich scheiden lassen, wenn ich weiterhin jedes Wochenende zum Fußballplatz gehe.«
»Das ist aber sehr unangenehm.«
»Ja, allerdings, sie wird mir sehr fehlen.«

Wie verdoppelt man den Wert eines Trabi?
Einmal volltanken.
Wie vervierfacht man ihn?
Eine Banane auf den Rücksitz legen.

Wohnungsneubau.
Ein Brigadier steht draußen auf dem Gerüst, ein Maurer drinnen.
Der Brigadier ruft: »Maxe, hörste mir?«
»Ja!«
»Maxe. siehste mir?«
»Nee!«
»Das sind Mauern, Kollegen, was!«

Ulbricht hat Geburtstag.
Ein Arbeiter, der gratulieren will, lehnt sein Fahrrad an das Staatsratsgebäude.
Ein Sicherheitsbeamter sagt:
»Das geht nicht. In wenigen Minuten kommen die sowjetische und die polnische Delegation.«
»Das macht nichts. Ich hab das Rad angeschlossen.«

Ulbricht beobachtet, wie vorm Staatsratsgebäude ein Loch für einen Fahnenmast gegraben wird. Der Mast wird aufgestellt, das Loch zugeschüttet, und logischerweise bleibt etwas Erde über. Daraufhin graben die Arbeiter ein neues Loch und schaufeln die Erde rein, aber natürlich bleibt wieder etwas Erde über.
Da öffnet Ulbricht das Fenster und ruft:
»Nu, Genossen, ihr müsst tiefer graben!«

**Was ist passiert, wenn ein Trabi bei Grün noch an der Ampel steht?
Ein Reifen klebt an einem Kaugummi.**

Weißt du schon, dass den Wirtschaftsfunktionären die Dienstwaffen abgenommen werden?
Nee, wieso?
Die kriegen jetzt die Kulturfunktionäre, die schießen nur auf andere.

Aus der Festrede Walter Ulbrichts zum 20. Republikgeburtstag:
»Vor 20 Jahren standen wir am Abgrund. Heute sind wir einen großen Schritt weiter.«

Unterricht auf der Parteischule.
»Genossen, der Fortschritt ist nicht aufzuhalten. Schon beherrscht der Sozialismus ein Fünftel der Erde, bald wird es ein Sechstel sein, und ich sage euch, auch ein Siebtel und Achtel werden wir noch erleben!«

Der Sozialismus hat aus früheren Gesellschaftsformationen jeweils das beste übernommen: aus dem Kapitalismus das Geld und die Warenproduktion, aus dem Feudalismus die vielen kleinen Könige, aus der Sklavenhaltergesellschaft die Arbeit mit den Menschen und aus der Urgesellschaft die Arbeitsproduktivität ...

Stimmt es,
dass der Kapitalismus im Sterben liegt?
Ja, aber was für ein schöner Tod.

Im Parteilehrjahr wird über die Entwicklung des Sozialismus zum Kommunismus debattiert. Der Parteisekretär sagt:
»Unbeirrt, Genossinnen und Genossen, marschieren wir auf dem Weg zum Kommunismus fort!«
Da ruft jemand dazwischen:
»Macht Schluss, ich habe Hunger!«
Daraufhin der Parteisekretär:
»Maul halten, Genosse!
Unterwegs wird nicht gegessen!«

Der Trabant wird jetzt mit zwei Auspuffrohren geliefert.
Warum?
Wenn der Trabi kaputt geht, kommen hinten zwei Stangen rein, und man kann ihn als Schubkarre verwenden.

Karl-Eduard von Schnitzler geht über die Straße.
Kommt ihm ein Mann entgegen und sagt:
»Guten Tag, Herr von Schnitz!«
Darauf Schnitzler:
»Aber ich heiße doch Schnitzler und nicht Schnitz!«
Der Mann entgegnet: »Tut mir leid, länger habe ich Ihre Sendung noch nie gesehen!«

Auf der Straße kommt dir ein Scheibenwischerpaar entgegen.
Was ist das?
Ein Trabi ohne Extras.

Wie viele Personen braucht man, um einen Trabi herzustellen?
Zwei.
Der eine falzt, der andere klebt.

Das DDR-Radio sucht einen neuen Sprecher. Die Bewerber warten vor der Tür auf ihre Einzelgespräche. Einer der Kandidaten kommt raus und schüttelt verneinend den Kopf. Ein Mitbewerber fragt freundlich: »Warum hamse dich denn nicht genommen?«
»W-w-w-weil i-i-i-ch n-n-nicht in d-d-der P-p-p-partei b-b-bin.«

Der Trabant ist zwar in verschiedenen Farben lieferbar aber nicht in schwarz.
Warum?
Um jede Verwechslung mit einem Brikett zu vermeiden.

Was ist der Unterschied zwischen einer Berlinerin und einer Leipzigerin?
Die Berlinerin geht einkaufen,
die Leipzigerin geht auf Nahrungssuche.

Ein Scheich hat gehört, dass es in der DDR ein Auto gibt, das so toll ist, dass man zwanzig Jahre auf die Lieferung warten muss. Natürlich will der Scheich ein solches Auto haben und hat sofort einen Brief an das entsprechende Kombinat aufsetzen lassen. Als der Brief in der DDR ankommt, ist man natürlich geschmeichelt. Selbstverständlich will man ein so hohes Tier wie den Scheich nicht 20 Jahre auf ein Auto warten lassen. Der nächste Trabi, der hergestellt wird, wird sofort eingezogen und in das Emirat geschickt. Eine Woche später kommt das Dankschreiben vom Scheich: »Liebe Genossen, ich freue mich ob unserer Handelsbeziehungen. Noch viel mehr freue ich mich aber, endlich den ersehnten Trabant 601 zu bekommen. In der Zwischenzeit danke ich Ihnen für das schöne Modell.«

Kommt ein Trabi mit Karacho an eine Tankstelle gedüst, der Tankwart lehnt gelangweilt an einer Zapfsäule. Der Fahrer springt aus dem Trabi, truft zum Tankwart:
»Tanken Sie bitte voll!« und rennt zur Toilette.
Nach fünf Minuten kommt er zurück und fragt:
»Na, wie viel ging denn rein?«
Darauf der Tankwart:
845 Liter – mehr passte nicht,
weil das Seitenfenster noch auf war.«

Auf einem Gerüst stehen ein paar Maurer und machen heimlich eine Flasche leer.
Da stürzt einer runter und bricht sich das Genick.
»Scheißtrinkerei, was machen wir jetzt?«
»Wisst ihr was? Wir stecken ihm die Hände in die Taschen. Dann sieht's wie ein Arbeitsunfall aus.«

Cruschtschow und Brandt treffen sich in Westberlin.
Chruschtschow: »Der Kapitalismus ist verkommen. Das merkt man schon auf den Straßen, ihr habt viele Säufer in der Öffentlichkei!«
Brandt: »Das stimmt gar nicht. Pass auf, wir machen einen Test. Du kannst jeden erschießen, den du hier besoffen antriffst.«
Am nächsten Tag auf der Titelseite der Bildzeitung: Glatzköpfiger Gangster erschießt russische Gewerkschaftsdelegation!

Herr Meyer schaut sich in einem Betrieb um. Die Kaderleiterin möchte nicht die Katze im Sack kaufen.
Sie fragt: »Haben Sie eine Empfehlung von Ihrem früheren Betrieb?«
»Klar, man hat mir empfohlen, dass ich mich nach 'ner anderen Arbeit umsehen soll.«

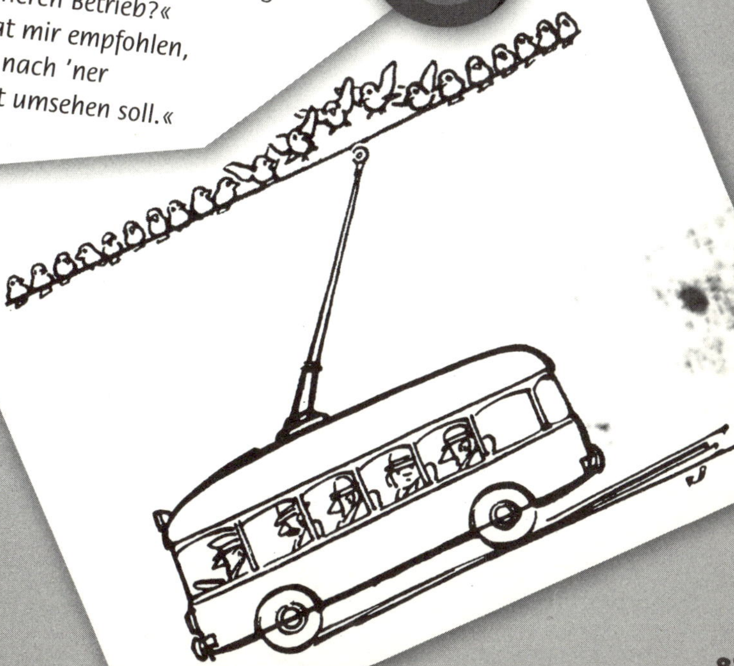

In einem DDR-Zuchthaus fragt ein Häftling den anderen nach dem Grund seiner Verurteilung.
»Weil ich zu faul war.«
»Sabotage?«
»Nein. Ich hatte mit einem Kollegen über Politik gesprochen und dachte, es hätte bis zum nächsten Morgen Zeit, ihn beim Staatssicherheitsdienst anzuzeigen. Aber er war schneller.«

Parteisekretär Kramer und BGL-Vorsitzender Schulze sitzen beim Bier. Da beschwert sich Kramer: »Wenn ich jetzt mit einem Schwips heimkomme, kocht meine Frau gleich vor Wut.« Darauf Schulze: »Da hast du aber Glück! Meine lässt mich hungern.«

Die Tiere des Waldes wählen einen neuenParteisekretär.
Die Ziege? – Nein, die meckert zu viel.
Die Schnecke? – Nein, die ist zu bürgerlich, hat ein eigenes Haus.
Der Fuchs? – Nein, auch zu bürgerlich, trägt ständig einen Pelz.
Der Elefant? – Nein, lebt auf zu großem Fuß.
Der Hase? – Nein, ist zu ängstlich.
Die Schlange? – Nein, die kriecht immer.
Der Storch? – Ja, na klar, der Storch! Der steht auf roten Beinen, kann mächtig gut klappern und kommt auch jedes Mal aus dem Westen wieder.

Der Gast sagt zum Küchenchef im neueröffneten Interhotel:
»Donnerwetter, Sie können ja sogar PNP-Schnitzel herstellen!«
Der Küchenchef stolz:
»Vielen Dank, mein Herr, aber im Vertrauen, was sind PNP-Schnitzel?«
Der Gast: »Auf beiden Seiten Paniermehl und in der Mitte nichts.«

Ein W50 fährt auf eine Unterführung zu.
Der Fahrer sagt: Mist, nur 3,80 Meter, wir haben 4,10 Meter, glaube ich.«
Sagt sein Beifahrer: »Fahr durch, es ist kein Polizist zu sehen.«

Was bedeutet die Bezeichnung Trabant 601?
600 haben ihn bestellt, einer hat ihn bekommen.

„Würden Sie mir bitte mal Ihren Zeitschein zeigen?"

Familie Birnbach bestaunt die Neubauwohnung. Frau Birnbach jubelt entzückt. »Sieh mal, Manne, welch schöne Einbauschränke.« Der Mann von der KWV schüttelt den Kopf. »Keine Einbauschränke. Das sind die Kinderzimmer.«

Fragt ein Grenzsoldat an der Berliner Mauer seinen Kameraden:
»Würdest du schießen, wenn ich türmen würde?«
Der zweite: »Das muss ich doch! Was würdest du tun, wenn ich abhauen würde?«
Der erste zögernd: »Vor Schreck erstarren!«
Sagt der zweite erleichtert: »Prima! Erstarre! Ich mache den Anfang!«

An der Grenze verursacht ein Rudel Wild etliche Minenexplosionen.
Denkt der erste DDR-Grenzsoldat:
»Schade um die Minen.«
Denkt der zweite: »Schade um die Tiere.«
Denkt der dritte:
»Schade, dass ich jetzt nicht alleine bin.«

**Es ist schwarz, fliegt durch die Luft und darf nicht nach dem Westen – was ist das?
Ein Pechvogel!**

Günter Mittag auf der Frühjahrssitzung des Zentralkomitees:
»Genossen, ich habe eine erfreuliche Mitteilung für euch, ab 1. Mai wird der Lebensstandard in der DDR um fünfzig Prozent steigen.«
»Um fünfzig Prozent, meinst du das im Ernst?«
»Ja, bis jetzt hatte wir unter Kälte und Versorgungsschwierigkeiten zu leiden, von Mai an nur noch unter Versorgungsschwierigkeiten.«

Lotte und Walter Ulbricht machen Urlaub an der Ostsee. Am FKK-Strand werden sie angestarrt. Das ist Walter peinlich. Er bedeckt seine Blöße mit dem Hut.
Lotte: »Nicht dahin, Walter, vors Gesicht!«

Ein Dreiundneunzigjähriger ist in die SED eingetreten.
Fragt ihn ein Bekannter: »Warum trittst du denn in deinem hohen Alter noch in die Partei ein?«
»Ach«, antwortet der Greis, »besser es stirbt ein Parteimitglied als einer von uns.«

*Walter Ulbricht besucht ein Heizkraftwerk. Der Betriebsleiter führt ihn und weist auf die großen Heizkessel.
»Genosse Ulbricht«, sagt er, »wir können mit Stolz behaupten, dass wir die Anlage schon zwei Jahre ohne Kesselstein fahren!«
»Nu ja, Genosse«, sagt Walter und klopft ihm beruhigend auf die Schulter: »Kopf hoch, diesen Engpass werden wir auch noch überwinden!«*

Stalin hinterlässt als politisches Testament drei verschlossene Briefe, die nur in ausweglosen Situationen geöffnet werden dürfen. Während der Kuba-Krise öffnet Chruschtschow den ersten Brief. Darin steht, ›Schiebe alles auf mich.‹Stalin’. Kennedy wird ermordet. Chruschtschow öffnet den zweiten Brief. ›Schiebe alles auf die Amerikaner. Stalin.‹ Chruschtschow verliert seine Mehrheit im Obersten Sowjet. Er öffnet den dritten ›Jetzt bist du dran, drei Briefe zu schreiben. Stalin.‹

Beim Staatsbesuch in Ägypten:
Ulbricht soll in den Nil gefallen sein!
Wieso?
Weil alle riefen:
Nasser Ulbricht – Nasser Ulbricht!

Großer Empfang. Ein VP-General nimmt sich ein Herz und fordert Margot Honecker zum Tanz auf. Während des Tanzes fragt er sie, ob sie als Volksbildungsministerin in den Schulen gegen die Volkspolizistenwitze einschreiten kann. Die Volkspolizisten seien nicht so dumm, wie der Volksmund behauptet.
Margot daraufhin: »Na sicher, Genosse General. Aber seltsam ist es schon. Sie sind nämlich der Erste, der mich während der Nationalhymne zum Tanz aufgefordert hat.«

»Genosse«, sagt der Parteisekretär, »ich kann dir die erfreuliche Mitteilung machen, dass du nach Kuba delegiert wirst, um den Sieg des Sozialismus in Lateinamerika voranzutreiben!«
Drauf der Genosse: »Ach nein, bitte, ich möchte nicht ...!«
Der Parteisekretär: »Aber es ist eine große Ehre und verantwortungsvolle Aufgabe!«
»Ach weißt du, Genosse Parteisekretär, ich hab ja schon vieles mitgemacht: Unter Stalin sind wir stalinisiert worden, unter Chruschtschow chruschtschowisiert, und nun soll ich zu Castro gehen?«

Womit kann man die Beschleunigung eines Trabants messen?
Mit einem Kalender.

Ein Bär trifft eine aufgeregte Schneckenfamilie.
»Was habt Ihr denn?«, fragt er den Schneckenvater.
»Wir wollen ausreisen.«
»Ja warum denn?«
»Na stell dir vor: Ich hab ein Haus, meine Frau ein Haus,
die Kinder jeder ein Haus. Das kann doch nicht gut gehen in der DDR.«
Einen Tag später trifft ein Storch die Bärenfamilie, ganz aufgeregt.
»Was hast du denn?« fragt er den Bärenvater.
»Wir wollen ausreisen. Überleg mal: Ich hab einen Pelz, meine Frau,
die Kinder jeder einen Pelz, das kann doch nicht gut gehen in der DDR.«
Am anderen Tag trifft ein Pavian die erregte Storchenfamilie.
»Was ist denn mit euch los?«, fragt der Pavian.
»Wir müssen schnellstens weg von hier«, sagt der Storchenvater.
»Ich hatte jedes Jahr eine Auslandsreise, meine Frau eine Auslandsreise,
die Kinder Auslandsreisen, das kann doch auf die Dauer
nicht gut gehen in der DDR.«
»Da kann uns nichts passieren«, sagt der Pavian.
»Ich habe einen roten Hintern,
meine Frau hat einen roten Hintern,
die Kinder haben rote Hintern ...«

Zwei DDR-Bürger unterhalten sich.
»Ja« , sagt der eine,
»Grotewohl starb eines unnatürlichen Todes.«
»Wieso denn?«, fragt der andere.
»Wie oft hat er die Sowjetunion besucht –
und starb zu Haus im Bett?«

Zwei Grenzer auf Streife an der Mauer
mit Blick auf den Westen.
»Was denkst denn du gerade so?«
»Das Gleiche wie du ...«
»Dann muss ich dich leider festnehmen.«

Schulze kommt mit einem Motorschaden
an seinem Saporoshez in die Werkstatt.
»Bauen Sie mir bitte einen neuen Motor ein, meinetwegen
einen generalüberholten, aber billig muss er sein!«
Zwei Tage später ist der Wagen fertig.
Schulze steigt ein und fährt dreißig Meter vor,
dreißig Meter zurück, dreißig Meter vor usw.
Schließlich fragt er wutschnaubend,
was denn das für ein Motor sei.
Der Meister antwortet:
»Der billigste, den wir hatten –
ein Scheibenwischermotor.«

Eine Katze hat eine Maus gefangen.
»Ach, bitte liebe Katze, erfüll mir einen letzten Wunsch,
bevor du mich frisst. Lass mich noch einmal tanzen.«
Die Katze ist einverstanden, die Maus tanzt, die Katze
sieht ihr zu – und schläft ein.
Als sie wieder aufwacht, ist die Maus verschwunden.
»Scheiß Volkskunst«, maunzt die Katze.

Wer an einer fünf Meter hohen Häuserwand hochspringen,
sich festhalten und lauschen kann, kann »IM« werden.
Wer jedoch STASI-Mitarbeiter im Offiziersrang werden will,
muss an einer Häuserwand fünf Meter hochspringen und sich dort
festsaugen können, damit er die Hände zum Mitschreiben frei hat,
für das, was drin gesprochen wird.

Schiffstaufe an der Ostsee. Ulbricht ist eingeladen. Plötzlich fällt ein Kind ins Wasser. Ulbricht springt wagemutig hinterher. Als man beide rausgefischt hat sagt Ulbricht: »Nun möcht ich mal wissen, wer mir den Arschtritt gegeben hat?!«

Ein Mann am Fahrkartenschalter:
»Bitte, ich hätte gern eine Fahrkarte nach Kürze!«
»Wohin?«
»Nach Kürze.«
»Diesen Ort gibt es nicht in der DDR.«
»Muss es aber geben! Unser Parteisekretär hat uns in seiner letzten Rede gesagt, in Kürze sei alles besser. Und da will ich hin.«

»Du, ich erzähle jetzt einen politischen Witz.«
»Pass auf, ich bin bei der Polizei.«
»Ja, ja, ich erzähl auch langsam.«

Ein Kellner wird ins Krankenhaus eingeliefert und muss sofort auf den Operationstisch. Da kommt ein Arzt vorbei, der schon öfter in der HO-Gaststätte gegessen hat. »Herr Doktor, helfen Sie mir«, stöhnt der Kellner. Der Arzt zuckt die Achseln: »Bedaure sehr, aber das ist nicht mein Tisch.«

Was ist der Unterschied zwischen einer Fuhre Langholz und der Kulturpolitik der DDR? Bei einer Fuhre Langholz kommt erst das dicke Ende und dann die rote Fahne.

Einem Mann ist der Papagei entflogen. Der Besitzer läuft sofort zur Stasi: »Ich möchte Ihnen nur mitteilen, dass ich die politischen Ansichten meines Papageis nicht teile!«

In der Mathematikstunde wird eine Textaufgabe gestellt. Zwei Brigaden asphaltieren eine drei Kilometer lange Straße. Brigade A beginnt am Ende a und arbeitet um 20 Prozent schneller als Brigade B, die an Punkt b beginnt. Die Lehrerin fragt nun: »Wo treffen sich beide Brigaden?« Fritzchen meldet sich als Erster. »Na, Fritzchen, wo?« »In der Kneipe.«

»Welches Tier hat sich am besten auf die Lebensbedingungen in der DDR eingestellt«, fragt der Lehrer.
Fritzchen antwortet: »Die Fliege, Herr Lehrer, sie fliegt ohne Benzin und scheißt auf die Bettwäsche.«

Der Lehrer fragt nach Name und Berufswunsch.
Der erste: »Ich heiße Egon.«
»Was möchtest du mal werden?«
»Weiß ich nich.«
Der zweite: »Ich heiße Max.«
»Was möchtest du mal werden?«
»Weiß ich nich.«
»Wer von euch weiß denn, was er mal werden möchte?«
Einer in der letzten Reihe meldet sich:
»Ich möchte Polizist werden.«
»Sehr schön, sehr gut«, sagt der Lehrer,
»und wie heißt du?«
»Weiß ich nich.«

»Nun, was ist mit meinem Moskwitsch?«, fragt der Kunde in der Reperaturwerkstatt.
»Gut, dass es kein Pferd ist!«
»Wieso?«
»Sonst müssten wir es erschießen.«

Der Saporoshez hat auf der Messe gleich zwei Preise bekommen.
Oh, wie denn das?
Als formschönster Traktor und leisester Panzer.

Die Krähe sitzt auf dem Baum und hat einen Leckerbissen im Schnabel. Der Fuchs unten denkt sich, wenn die Krähe losschnattert, fällt der Leckerbissen zu mir herunter. Er sagt zu ihr: »Liebe Frau Krähe, weißt du denn schon, wer unser neuer Parteisekretär wird? Nein? Stell dir vor: Pittiplatsch.« Da muss die Krähe so lachen, dass ihr der Leckerbissen aus dem Schnabel fällt. Die Moral von der Geschichte: Lache nie über deinen Parteisekretär.

In Leipzig wurde eine Frau verhaftet. Sie hatte ihre Wäsche im Westwind getrocknet.

Frage:
Was ist der Unterschied zwischen realem und entwickeltem Sozialismus?
Antwort:
Der reale Sozialismus ist nicht entwickelt, und der entwickelte ist nicht real.

Vorläufig ist Schluß mit Sportbetrieb. Die Sportfreunde mußten die Kegeln verheizen.

In einer Drogerie. Kunde: »Genosse Drogist, ich hätte gern Rasierklingen. Aber gute. Haben Sie Gillette?« Drogist: »Haben wir nicht. Kommen Sie nächste Woche noch mal vorbei!« Eine Woche später. Kunde: »Genosse Drogist, wie ist die Sache mit den Gillette?« Drogist: »Leider immer noch nichts.« Der Kunde geht. Die Verkäuferin meint: »Aber Herr Bauer, warum schicken Sie den Kunden immer wieder weg? Unterm Ladentisch sind Gillette!« Drogist: »Liebe Susanne, solange der Kunde Genosse zu mir sagt, soll er sich meinetwegen mit Hammer und Sichel rasieren!«

Welcher Unterschied besteht zwischen einem BH und dem Volkswirtschaftsplan? Ein gewaltiger. Der BH ist für die Brust, der Volkswirtschaftsplan für den Arsch.

Warum gibt es in der DDR nie Erdbeben? Als Gott mal wieder am Verteilen war, schob er die Wolken über der DDR beiseite, sah die kaputten Häuser und Straßen und meinte: »Oh, hier war ich ja schon!«

Was ist ein ULB? Die Energie, die benötigt wird, um vom Sessel aufzustehen und den Fernseher auszumachen, wenn Walter Ulbricht eine Rede hält.

Der Lehrer fragt:
»Wo wurde der Sozialismus geboren?«
Da meldet sich Fritzchen: »Im Harz!«
Verwundert fragt der Lehrer:
»Wieso denn das?«
»Mein Vater sagt:
zwischen Sorge und Elend.«

Was ist ein Drei Siebentel Witz?
Wer ihn erzählt, bekommt sieben Jahre Bautzen. Wer zuhört, hat nur mit drei Jahren zu rechnen.

Aus Solidarität mit der Sowjetunion erklärt die DDR der Volksrepublik China den Krieg. In Peking wundert man sich und schickt ein Telegramm: »Bedenkt, ihr seid ein Volk von 14 Millionen. Vielleicht habt ihr eine Million unter Waffen. Wir dagegen sind eine Milliarde und haben 100 Millionen unter Waffen. Wollt ihr wirklich gegen uns antreten?«
Das Politbüro tritt zusammen, beratschlagt und schickt ein Antworttelegramm folgenden Inhalts: »Ziehen die Kriegserklärung zurück. Wir wüssten nicht, wohin mit so vielen Kriegsgefangenen.«

Auf der Parteischule wird die Geschichte der Großen sozialistischen Oktoberrevolution durchgenommen. Der Dozent fragt die Genossen ob sie die aufgegebene Pflichtlektüre studiert haben. Alle bejahen eifrig. Da meldet sich aufgeregt der Genosse Schulze:
»Genosse Dozent, ich habe die Geschichte der KPdSU (B) von vorne bis hinten gelesen. Aber in keiner Bibliothek und in keinem Buchladen konnte ich Teil A erhalten.«

Die Tante aus Köln schreibt an ihre Verwandten in der DDR und schließt mit den Worten:
»Hoffentlich erreicht euch der Brief, man hört ja immer, daß die Post bei euch durch die Stasi kontrolliert wird.«
Nach zwei Wochen kommt der Brief zurück mit dem Aufdruck: »Nicht befördert wegen Verleumdung der Sicherheitsorgane der DDR.«

Walter Ulbricht will in das Staatsratsgebäude, da bemerkt er einen kleinen Jungen, der vor der Tür steht. Ulbricht spricht ihn an: »Na, wa machst du denn hier , mein Kleiner?«
»Ich warte auf meine Oma, die macht in diesem großen Haus sauber.« Ulbricht: »Fein. Weißt du, ich arbeite nämlich auch in diesem Gebäude.«
Der Junge: »Na, Onkel, da kommst du wohl auch so schlecht mit deiner Rente hin.«

ALLES FÜR UNSER
VATERLAND-DIE
SOZIALISTISCHE
DDR
ERFÜLLT!
ERFÜLLT

Vom VII. zum VIII. Parteitag

1967–1971

17.–22. April 1967: Der VII. Parteitag der SED legt die »Aufgaben für die Gestaltung des entwickelten gesellschaftlichen Systems« fest +++ Mai 1967: Der Ministerrat beschließt die allgemeine Einführung der Fünf-Tage-Woche ab August und die Herabsetzung der Arbeitszeit auf 43 ¾ Stunden +++ ab 1967 erscheint das Magazin Sputnik +++ Oktober 1967: Die bisher größte Truppenparade von DDR- und sowjetischem Militär in Ost-Berlin +++ Januar 1968: Walter Ulbricht hält seine Rede: »Unser guter Weg zur sozialistischen Menschengemeinschaft« +++ Januar 1968: Erlass eines neuen Strafgesetzbuches +++ April 1968: Erster und einziger Volksentscheid in der DDR, Abstimmung über eine sozialistische Verfassung, die ab 9. April in Kraft tritt +++ Juni 1968: Während der Internationalen Ostseewoche wird die Gaststätte »Teepott« in Warnemünde eröffnet +++ Juli 1968: Beitritt der DDR zum Atomwaffensperrvertrag +++ Juli 1968: Partei- und Regierungsvertreter der UdSSR, der DDR, Polens, Ungarns, Bulgariens beraten in Warschau über die politische Entwicklung in der ČSSR +++ August 1968: Truppen des Warschauer Vertrags marschieren in die ČSSR ein und beenden den Reformversuch des KP-Vorsitzenden Dubček +++ Oktober 1968: Erstmals nehmen zwei deutsche Mannschaften an Olympischen Spielen teil +++ März 1969: Zwischen der UdSSR und China kommt es zu Grenzzwischenfällen und Gefechten +++ April 1969: Baukonferenz der SED +++ Juli 1969: Walter Ulbricht stellt fest, dass die Freundschaft zur Sowjetunion in eine neue Qualität übergegangen ist +++ Oktober 1969: Der Fernsehturm in Berlin wird feierlich eröffnet +++ November 1969: Die Puhdys geben ihr erstes Konzert +++ Dezember 1969: Rekordminustemperaturen führen zu Engpässen bei Nahrungsmitteln und Brennstoffen +++ März 1970: Ministerratsvorsitzender Willi Stoph und Bundeskanzler Willy Brandt treffen sich zu Verhandlungen in Erfurt +++ April 1970: An der Berliner Leninallee wird das Lenin- Denkmal des Bildhauers Nikolai Tomski eingeweiht +++ Juni 1970: Der erste Olsenbanden-Film kommt in die DDR-Kinos +++ Juli 1970: Exportwaren werden ab sofort nicht mehr mit »Made in Germany« sondern mit »Made in GDR« gekennzeichnet +++ November 1970: Das Centrum-Warenhaus, das größte Kaufhaus der DDR, wird auf dem Alexanderplatz eröffnet +++ Mai 1971: Walter Ulbricht erklärt seinen Rücktritt aus Altersgründen, Erich Honecker wird zum 1. Sekretär des ZK der SED gewählt +++ Mai 1971: Honeckers erste Auslandsreise als Erster Sekretär des ZK führt ihn nach Moskau, wo er mit Breshnew zusammentrifft

Ein Flugzeug stürzt ab, an Bord befanden sich Breshnew, Husák, Kádár und Gomulka.
Wo ist die Trauer am größten?
In der DDR.
Warum?
Weil Ulbricht nicht dabei war.

Ein Westdeutscher reist zur Leipziger Messe. Im Zugabteil trifft er einen Genossen. Sie schauen beide aus dem Fenster des gemächlich dahinfahrenden Zuges. Wundert sich der Westdeutsche: »War denn diese Strecke schon immer eingleisig?« Sagt der Genosse: »Unsere Züge fahren so schnell, dass man mit dem bloßen Auge das zweite Gleis gar nicht wahrnehmen kann.«

Walter Ulbricht ist in Moskau zu Besuch und hält sich im Kreml auf. Während er auf Breshnew wartet, beobachtet er einen kleinen glatzköpigen Kerl, der an der Heizung hantiert. »Kennen wir uns nicht?« fragt er.
»Klar, ich bin doch Nikita Chruschtschow.«
»Was machst du denn hier als Schlosser?«
»Ich bin froh, daß ich den Posten bekommen habe.«
»Mensch, du warst mal der erste Mann im Staat. Das geht doch nicht. Ich spreche mal mit Leonid.«
Chruschtschow: »Walter, sei vorsichtig, der braucht auch noch einen Tischler.«

Zu Ehren des 50. Jahrestages der Oktoberrevolution haben die Ruhlaer Uhrenbauer einen Wettbewerb um die beste Kuckucksuhr ausgerufen.
Dritter Preis: Ein Kuckuck kommt aus der Uhr und ruft »Lenin!«
Zweiter Preis: Der Kuckuck ruft: »Hoch lebe Lenin!«
Erster Preis: Lenin guckt aus der Uhr und ruft: »Kuckuck!«

Wenn aus einem Tatra drei höhere Funktionäre steigen, was bedeutet das?
Dass zwei Tatras in der Reparatur sind.

Anfrage an den Sender Jerewan:
Darf man die Partei kritisieren?
Antwort:
Im Prinzip ja, aber es lebt sich besser in den eigenen vier Wänden!

In der Redaktion des Neuen Deutschlands.
»Haben Sie den Staatsratsvorsitzenden interviewt?«, fragt der diensthabende Redakteur einen Journalisten.
»Jawohl.«
»Und was hat er gesagt?«
»Wie immer: nichts.«
»Ausgezeichnet. Diktieren Sie es gleich der Sekretärin, aber nicht mehr als drei Spalten.«

Anfrage an den Sender Jerewan:
Gibt es bei uns mehr Humor als anderswo?
Antwort: Im Prinzip ja. Aber wir haben ihn auch nötig.

Anfrage an den Sender Jerewan:
Stimmt es, dass die DDR mit Volldampf zum Sozialismus steuert?
Antwort:
Im Prinzip ja!
Gegenwärtig benötigt sie den meisten Dampf zum Tuten.

Anfrage an den Sender Jerewan: Kann man den Aufbau des Sozialismus mit der Erschaffung der Welt vergleichen?
Antwort:
Im Prinzip ja. Aber bei der Erschaffung der Welt war das Chaos am Anfang.

Anfrage an den Sender Jerewan:
Kann man in der Schweiz den Kommunismus aufbauen?
Antwort: Im Prinzip ja, aber es wäre schade um die Schweiz.

Anfrage an Sender Jerewan:
Soll ich zu einer Tagung in den Westen fahre, obwohl ich die Kosten dafür selbst tragen muss?
Antwort:
Im Prinzip ja.
Sie müssen ja keine Rückfahrkarte kaufen.

Anfrage an den Sender Jerewan:
Stimmt es, dass auch Flöhe und Wanzen eine Revolution machen könnten?
Antwort:
Im Prinzip ja, denn auch in ihnen fließt das Blut der Arbeiterklasse …

Anfrage an den Sender Jerewan:
Reicht eine Wasserstoffbombe aus, um die DDR-Wirtschaft lahmzulegen?
Antwort: Im Prinzip ja.
Aber warum so aufwendig?
Fünfzehn Grad Frost haben den gleichen Effekt.

Anfrage an den Sender Jerewan:
Gibt es einen Unterschied zwischen Wirbelsäule und Rückgrat?
Antwort: Im Prinzip nein.
Aber eine Wirbelsäule hat jeder.

Welcher Tag ist heute?
Der 6. Japril.

Anfrage an den Sender Jerewan:
Wird es Krieg geben?
Antwort: Im Prinzip nein, aber der Kampf um den Frieden wird solche Ausmaße annehmen, dass kein Stein mehr auf dem anderen bleibt.

Die drei größten Industriestaaten der Welt fangen mit »U« an. USA, UdSSR, Unsere DDR.

Bei den Tschechen gibt es jetzt neue Verkehrsregeln. Links blinken, rechts fahren.

Anfrage an den Sender Jerewan: Gibt es in der Sowjetunion eine Postüberwachung?
Antwort: Im Prinzip nein. Briefe mit antisowjetischem Inhalt werden jedoch nicht befördert.

Ein Lehrer fragt seine Schüler, wer das Kommunistische Manifest geschrieben hat. Da sich niemand meldet, wendet er sich an einen der besten Schüler. Dieser antwortet erschrocken: »Ich war's nicht« . Er fragt den nächsten Schüler. »Ich war's auch nicht« , antwortet dieser. Der Lehrer ist enttäuscht. Auf dem Heimweg trifft er den Abschnittsbevollmächtigten und erzählt ihm, was er mit der Klasse erlebte. Darauf dieser: »Na pass auf, morgen bestellen wir uns die Kerle, ich hab schon ganz andere Sachen rausgekriegt.« Völlig aufgelöst kommt der Lehrer nach Hause, setzt sich an den Abendbrottisch und erzählt seiner Frau, was passiert ist. Die tröstet ihn: »Mach dir nichts draus, vielleicht waren sie es wirklich nicht.«

Im Staatsbürgerkundeunterricht spricht der Lehrer über Marx. Am Schluss der Stunde fragt er:
»Habt ihr soweit alles verstanden?« Alle nicken.
Da meldet sich Fritzchen: »Soweit alles klar.
Nur eins ist mir nach wie vor unklar:
Ist der Marx nun bewohnt oder unbewohnt?«

**Anfrage an den Sender Jerewan:
Sollte ein Mädchen, das nach den Prinzipien der sozialistischen Moral lebt, schon um acht ins Bett gehen?
Antwort: Im Prinzip ja, denn um zehn sollte es zu Hause sein.**

Anfrage an den Sender Jerewan:
Darf im Kommunismus der Chef mit seiner Sekretärin ins Bett gehen?
Antwort: Im Prinzip nein. Aber wenn er es tut, sind das noch Überbleibsel der alten sozialistischen Moral.

Anfrage an den Sender Jerewan:
Gibt es in Leningrad Fleisch?
Antwort: Im Prinzip ja.
Erneute Anfrage an den Sender Jerewan: Gibt es auch in Moskau Fleisch?
Antwort:
Nein, die Ausstellung zieht von Stadt zu Stadt.

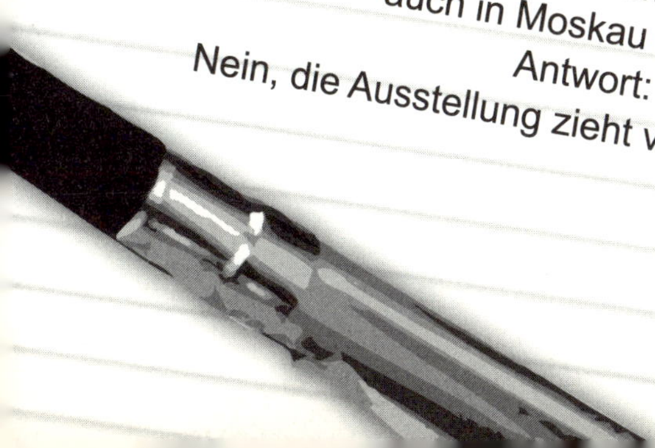

Anfrage an den Sender Jerewan: Stimmt es, dass in der Sowjetunion der Mais wie Telegrafenmaste wächst?

Antwort: Im Prinzip ja, aber nicht so stark und hoch, sondern so weit auseinander.

DDR

Chinesische Kosmonauten sind auf dem Mond gelandet. Sowjetische und amerikanische Geheimdienste sind überrascht.

»Wir wussten gar nicht, dass ihr so starke Raketen habt!«

»Wieso Raketen?«

»Na, wie seid ihr denn sonst auf den Mond gekommen?«

»Mann auf Mann.«

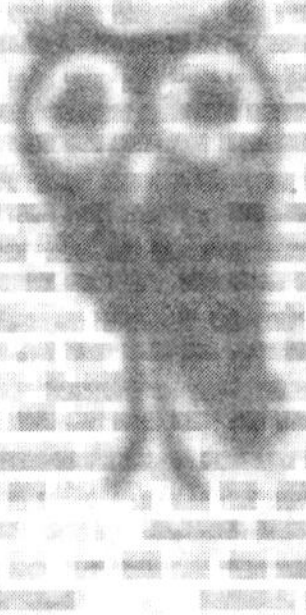

»Worin besteht der Unterschied zwischen einem ärmellosen Pullover und einem Subbotnik?«

»Der ärmellose Pullover ist ein Westover, der Teilnehmer am Subbotnik ein Ost-Doofer.«

Der Lehrer zum Kind, es soll mit »Freundschaft« grüßen. Der Vater sagt, es soll »Guten Tag« sagen. Das Kind schreibt an Walter Ulbricht, um das Problem zu klären. Der antwortet: »Solange ich in der DDR etwas zu sagen habe, wird es keinen guten Tag geben.«

Anfrage an den Sender Jerewan: Stimmt es, dass unsere Armee von den Tschechen zur Hilfe gerufen wurde?
Antwort:
Im Prinzip ja, das Gesuch aus dem Jahre 1939 wurde 1968 positiv beantwortet.

Anfrage an den Sender Jerewan: Wo sitzt derjenige, der in der DDR für die politischen Witze verantwortlich ist?
Antwort: Keine Ahnung, wo er sitzt. Wir wissen nur, dass er sitzt.

Anfrage an den Sender Jerewan:
Was wäre eigentlich passiert,
wenn statt Kennedy Ulbricht erschossen
worden wäre?«
Antwort: Eine etwas abwegige Frage.
Aber eines ist gewiss: Onassis hätte
die Witwe nicht geheiratet.

Als Willy Brandt und Willi Stoph in
Erfurt zusammentreffen,
unterhalten sie sich über ihre Hobbys.
Brandt: »Ich sammle Witze,
die man über mich macht.«
Darauf Stoph: »Und ich sammle die,
die Witze über mich gemacht haben.«

Der Antrag von Werktätigen auf
Einführung der 35-Stunden-Woche
wurde durch die Gewerkschaft abgelehnt.
Begründung: Dann würden unseren
Werktätigen 5 Stunden Schlaf
pro Woche fehlen.

Ulbricht ist mit Lotte im Auto unterwegs.
Es überholt sie ein Wagen mit dem Kennzeichen »GB« .
»Tüchtig, tüchtig«, sagt Ulbricht,
»unsere Griminalbolizei ist wieder unterwegs.«
»Nein«, sagt der Fahrer,
»das sind die Genossen aus Bulgarien.«
»Bei bulgarischen Genossen steht immer BG dran,
hier steht aber GB.«
»Vielleicht, Gambodscha'«, meint der Fahrer.
Da meldet sich Frau Lotte: »Alles falsch, das heißt:
Gönigreich Bolen.«

Anfrage an den Sender Jerewan:
Warum haben so viele
Staatsmänner Glatzen?
Antwort:
Auf politische Fragen
antworten wir nicht.

Eine Kuh, ein Hund und ein Esel, wohnhaft in der Bundesrepublik, entschließen sich, in die DDR überzusiedeln. Aber schon nach einer Woche kommt der Hund zurück.
»Warum kommst du wieder?«, wird er gefragt.
»Ach, ich sollte dort immer nur die Schnauze halten, durfte nie bellen.« Zwei Wochen später kommt auch die Kuh zurück in den Westen.
»Warum kommst du wieder?«
»Weil ich aus dem Westen kam, wollten die mich laufend melken. Das habe ich nicht ausgehalten.«
Nur der Esel fühlt sich wohl in seiner neuen Heimat. Schon zwei Jahre später ist er Mitglied des Politbüros.

Im Fernsehturm sind die Toiletten verstopft. Der Verbesserungsvorschlag eines Mitarbeiters, die Abwasser in die Antennen zu pumpen wird umgesetzt. Deswegen ist das Fernsehprogramm richtig Scheiße.

Anfrage an Sender Jerewan:
Ist es richtig, dass Breshnews Augenbrauen angeklebt sind?
Antwort:
Im Prinzip ja, nur handelt es sich dabei nicht um Augenbrauen, sondern um den Schnurrbart Stalins.

»Warum kostet denn die ›Prawda‹ nur 10 Pfennige, das ›Neue Deutschland‹ aber 15 Pfennige?«, will der Kunde am Zeitungskiosk wissen. »Ganz einfach«, sagt die Verkäuferin, »beim ›Neuen Deutschland‹ kommen noch die Übersetzungskosten hinzu.«

Die Pioniere sind unterwegs
zum Altstoffsammeln.
Sie klingeln an einer Tür.
Eine vornehme Dame öffnet.
»Haben Sie alte Wein- oderSchnapsflaschen?«
»Sehe ich etwa so aus, als ob ich Alkohol trinke?«
»Das gerade nicht, aber Essigflaschen
haben sie doch bestimmt.«

Anfrage an den Sender Jerewan:
Was ist eine Sprotte?
Antwort:
Ein Wal, der im Kommunismus angekommen ist.

Was ist Emigration?
Der friedliche Übergang vom
Sozialismus zum Kapitalismus.

Kann man den Mittelpunkt des Kreises berechnen?
Nein. Der Mittelpunkt des Kreises ist der Rat des Kreises, und der ist unberechenbar.

**Warum wurden in der DDR alle Pferde abgeschafft?
Das ist schnell gesagt:
Die Gäule haben die DDR veräppelt.**

Natascha schreibt einen bitterbösen Brief an Breshnew: »Seit zehn Jahren arbeite ich nun schon in den Wolgograder Samowarwerken und habe nie einen zu kaufen bekommen.« Breshnew antwortet freundlich: »Nehmen Sie doch unauffällig aus jeder Abteilung ein Stück mit und bauen den Samowar zu Hause zusammen.« Wochen später Nataschas Antwort: »Vielen Dank für Ihren Rat. Einen Samowar habe ich zwar immer noch nicht, dafür aber eine MIG 21.«

Welches sind die 4 Säulen der sozialistischen Weltwirtschaft?
Die mongolische Mikroelektronik, die heldenhaften Errungenschaften der sowjetischen Landwirtschaft, der Bienenfleiß der polnischen Arbeiter und das statistische Jahrbuch der DDR.

Warum gab es in der DDR schon immer zweilagiges Klopapier?
Ein Durchschlag von jedem Scheiß ging nach Moskau.

Walter Ulbricht sitzt in der Kantine des Zentralkomitees und hat riesigen Hunger.
»Genosse Ober, nu, was können Sie mir empfehlen?«
Der Ober: »Genosse Ulbricht, wunderbar wäre Kaviar, den haben wir ganz frisch hereinbekommen.«
Ulbricht: »Kaviar? Nu, was ist denn das?«
»Das sind Fischeier.«
Darauf Ulbricht: »Nu, da hauen Sie mir mal fünf in die Pfanne.«

Walter und Lotte Ulbricht machen Urlaub in Ahrenshoop. Sie gehen in die Dorfgaststätte und nehmen Platz. Nach einer Weile kommt der Wirt.
»Die Herrschaften wünschen?«
Walter Ulbricht wundert sich:
»Kennen Sie mich denn nicht?«
Der Wirt schaut, überlegt und sagt schließlich:
»Tut mir leid, im Augenblick wüsste ich nicht ...«
»Na aber Bürger, ich bin doch oft im Fernsehen!«
Auf einmal erhellt sich die Miene des Wirts und er ruft in die Küche:
»Mutter, komm mal her! Der Millowitsch ist hier!«

Ulbricht steht eines Abends im Schlafzimmer vor seiner Frau Lotte. Er kratzt sich verlegen am Kopf.
»Irgendetwas wollte ich dir sagen ...«
Er zieht einen Zettel aus der Tasche.
»Nu, da ist es ja: Gute Nacht, Lotte.«

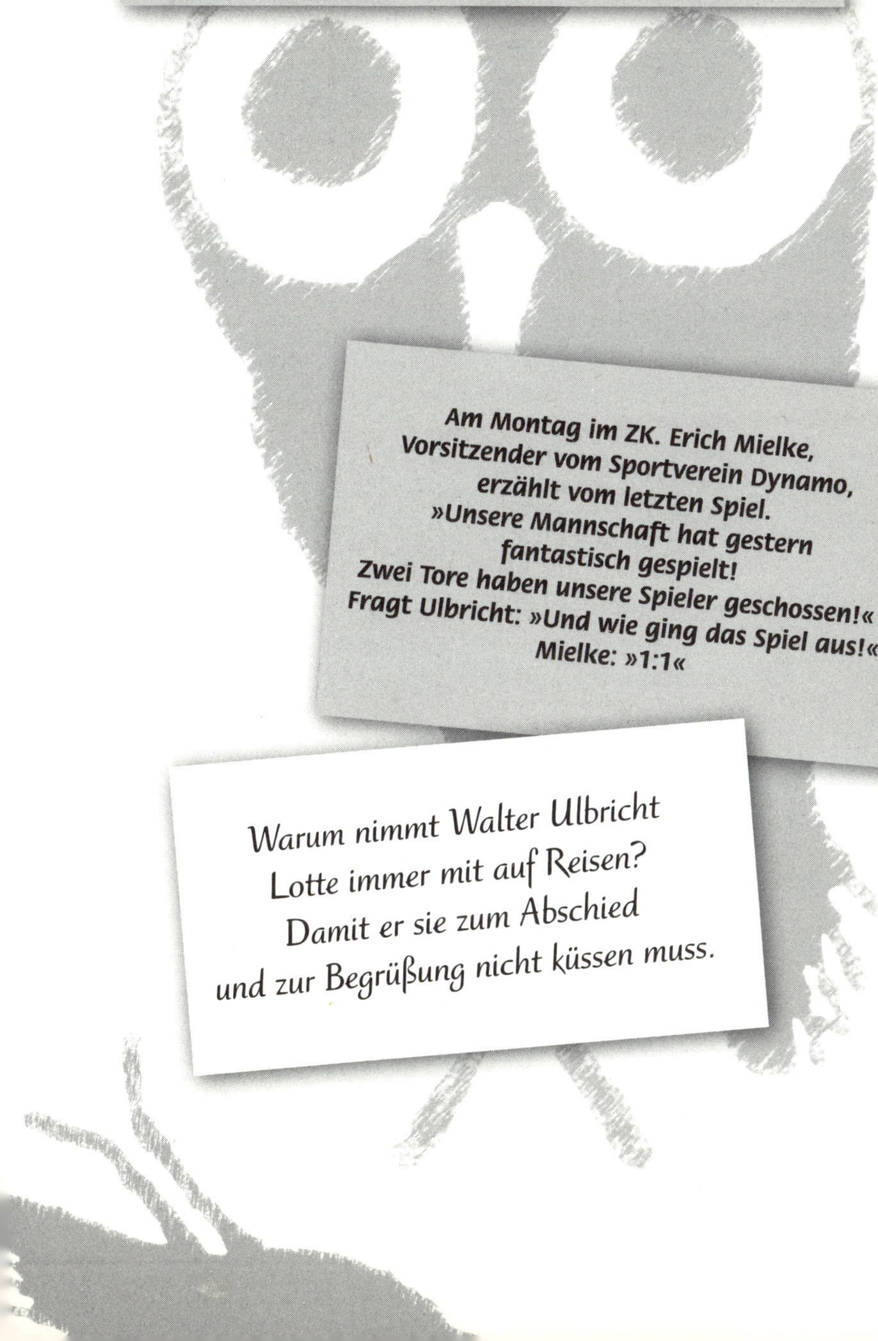

Was ist, wenn der Fernsehturm umfällt?
Dann kann man mit dem Fahrstuhl
in den Westen fahren.

Am Montag im ZK. Erich Mielke,
Vorsitzender vom Sportverein Dynamo,
erzählt vom letzten Spiel.
»Unsere Mannschaft hat gestern
fantastisch gespielt!
Zwei Tore haben unsere Spieler geschossen!«
Fragt Ulbricht: »Und wie ging das Spiel aus!«
Mielke: »1:1«

Warum nimmt Walter Ulbricht
Lotte immer mit auf Reisen?
Damit er sie zum Abschied
und zur Begrüßung nicht küssen muss.

Kurz vor Anpfiff des FDGB-Pokalendspiels
kommt noch ein Sportsfreund,
ziemlich außer Atem,
an das Kartenhäuschen des Walter-Ulbricht-Stadions.
»Zu spät«, sagt die Kassiererin.
»Das Stadion ist ausverkauft – bis auf den letzten Platz.«
»Schön« , nickt der Mann zustimmend,
»dann geben Sie mir den!«

US-Präsident Johnson, Breshnew und Ulbricht essen Abendbrot in einem Schweizer Hotel.
Johnson bestellt beim Kellner eine Wurstplatte.
»Sehr wohl«, sagt der Kellner,
»ich erlaube mir aber zu bemerken,
in der Schweiz sagt man Wurstplättli.«
Breshnew bestellt anschließend eine Schinkenplatte.
Der Kellner bemerkt höflich, dass es in der Schweiz Schinkenplättli heißt. Ulbricht will klug sein und bestellt ein Käseplättli.
»Tut mir leid«h, sagt der Kellner,
»das Neue Deutschland führen wir nicht.«

Anfrage an den Sender Jerewan:
Stimmt es, dass nicht die Amerikaner,
sondern wir die ersten waren,
die die Rückseite des Mondes sahen?
Antwort:
Im Prinzip ja. Diesen Triumph verdanken wir
unseren Wirtschaftsplanern;
sie befinden sich seit Jahren dort.

Staatsbürgerkundeunterricht wird Fritzchen nach dem wichtigsten Grundsatz der DDR-Politik gefragt.
»Im Mittelpunkt steht der Mensch«, sagt Fritzchen.
»Gut«, sagt der Lehrer, »dafür gibt es eine Zwei.«
Darauf Fritzchen: »Für eine Eins kann ich Ihnen auch seinen Namen nennen.«

Der Staatsbürgerkundelehrer fragt: »Was gab es vor dem Sozialismus?«
Klaus: »Mein Vater sagt: alles!«

Unterhalten sich zwei Freunde.
»Du«, sagt der eine,
»kennst du den Unterschied zwischen einem Handwerker und Walter Ulbricht?«
Kopfschütteln.
»Ist doch ganz einfach:
Der eine kommt nicht,
und der andere geht nicht.«

Warum kleben die
Ulbricht-Briefmarken immer so schlecht?
Die Leute spucken auf die falsche Seite.

Ulbricht in der Gemäldegalerie.
»Herrlich, ja herrlich dieser van Gogh.«
»Nein, Genosse Ulbricht, das ist ein Rembrandt.«
»Ja, herrlich, ja diese Bergzicke hier.«
»Genosse Ulbricht, das ist ein Spiegel.«

Walter Ulbricht geht mit einem Regenschirm über den Berliner Marx-Engels-Platz. Es ist herrlicher Sonnenschein. Ein freundlicher Passant macht ihn darauf aufmerksam, dass es doch gar nicht regnet. Darauf erwidert Walter. »Nu, hier ja vielleicht nicht, aber in Moskau!«

Ulbricht und Mao unterhalten sich.
»Wie viele Feinde haben Sie in der Volksrepublik China?«, fragt Ulbricht.
»Es werden so etwa siebzehn Millionen sein.«
»Ja, das ist ungefähr so wie bei uns.«

Maria Callas tritt in der Staatsoper auf. Walter Ulbricht ist begeistert, schüttelt ihr die Hand und sagt:
»Sie haben sich um unser Land verdient gemacht. Gibt es einen Wunsch, den ich Ihnen erfüllten kann, Madame?«
»Ja, Herr Ulbricht«, antwortet die Callas.
»Reißen Sie die Mauer nieder!«
Da droht Ulbricht schelmisch mit dem Zeigefinger und sagt:
»Na, na, na, Madame, Sie wollen wohl mit mir allein sein.«

Im Staatsratsgebäude soll eine Toilettenfrau eingestellt werden. Zwei Bewerberinnen melden sich. Die erste geht ins Büro. Man zeigt ihr ein Dreieck. »Was bedeutet dieses Zeichen?«
»Das heißt: Männer.«
»Richtig. Und das?« Man zeigt einen Kreis.
»Das heißt Frauen.«
»Sehr gut. Und wenn eines Tages Genosse Ulbricht zu Ihnen kommt, was machen Sie dann?«
»Ich sage: Guten Tag, Genosse Staatsratsvorsitzender!«
»Hervorragend. Das genügt uns. Nun schicken Sie uns bitte die andere Bewerberin herein.« Als die Frau herauskommt, fragt die andere:
»Na, wie war es denn?«
»Ach, ganz einfach: Zwei Fachfragen, eine Marxismus-Leninismus.«

Zum ehemaligen tschechischen Parteichef Dubcek kommt ein Engel und sagt: »Du bist ein echter Kommunist, darum will ich dir drei Wünsche erfüllen.«
Dubcek überlegt nicht lange und sagt:
»Die Chinesen sollen in die Tschechoslowakei kommen und sie besetzen und wieder abziehen.«
„Und der zweiteWunsch?«
Noch mal das gleiche.
Und der dritte?
Noch mal das gleiche.
Der Engel wundert sich und fragt vorsichtshalber noch mal, ob es sich das gut überlegt habe.
Dubcek: »Selbstverständlich. Da müssen die Chinesen sechsmal durch die Sowjetunion.«

Ein Amerikaner und ein Russe unterhalten sich.
Der Amerikaner gibt an:
»Die Einkäufe macht meine Frau mit dem Ford, in die Oper fahren wird mit dem Cadillac, und wenn wir unsere Freunde besuchen, nehmen wir das Flugzeug!«
Daraufhin der Russe:
»Die Einkäufe macht meine Frau zu Fuß, in die Oper fahren wir mit dem Traktor, und unsere Freunde besuchen wir mit dem Panzer!«

Hermann Axen, Willi Stoph und Walter Ulbricht werden gefragt, was sie für die größte technische Errungenschaft halten.

Axen:
»Das Auto. Unsere Menschen können sich bequem von einem Ort zum andern bewegen.«

Stoph: »Die Raumfahrt, sie eröffnet neue Horizonte.«

Schließlich Ulbricht: »Die Thermoskanne. Im Sommer füllt mir Lotte kalten Tee rein, und er bleibt schön kühl. Im Winter heißen Kaffee, und er bleibt den ganzen Tag lang heiß. Und nun die Frage: Woher weiß die Thermoskanne, wann Winter und wann Sommer ist?«

Breshnew bekommt Besuch von seiner Mutter. Er führt sie durch den Kreml, zeigt sein Büro, seine Wohnung, sein Auto. Er fliegt mit ihr nach Sotschi, zeit ihr Datsche und Swimmingpool. »Schön, schön, Jungchen«, sagt seine Mutter, »aber was machst du, wenn die Roten kommen?

Steht ein Panzer mit amerikanischemHoheitszeichen auf der Schönhauser Allee. »Hurra, hurra, Freiheit in der Ostzone!« Geht die Panzerluke auf, schaut ein Russe raus und sagt: »Nix Freiheit … Fasching!«

Es lebe der Fernsehturm mit Walter Ulbricht an der Spitze!

Vom Berliner Fernsehturm
kann man vier Meere sehen.
Unten ein Häusermeer, oben das Wolkenmeer,
im Westen das Lichtermeer
und im Osten gar nichts mehr.

Honecker besucht eine Schule.
Er fragt den kleinen Fritz:
»Na, mein Junge, wer ist denn dein Vater?«
Fritz, mit geschwellter Brust:
»Ulbricht, Genosse Honecker!«
»Und wer ist deine Mutter?«
»Die DDR, Genosse Honecker!«
»Und was möchtest du mal werden?«
»Vollwaise, Genosse Honecker!«

Was steht im Jahr 2010
im Lexikon unter »Ulbricht, Walter«?
Sächsischer Mundartsprecher
zu Zeiten des großen Mao.

Ein Russe, ein Grusinier und ein Jude sitzen im Flugzeug.
Das stürzt ab. Während das Flugzeug niedergeht, kommt ein Engel
und verspricht jedem die Erfüllung der letzten drei Wünsche.
Der Russe: »Erstens ein Wodka, zweitens ein Wodka,
drittens neben Lenin begraben zu werden.«
Der Grusinier bestellt sich: »Erstens eine schöne Frau,
zweitens eine schöne Frau, drittens neben Satlin begraben zu werden.«
Der Jude: »Erstens gefillte Fisch, zweitens gefillte Fisch,
drittens neben Breshnew begraben zu werden.«
»Aber«, sagt der Engel, »Breshnew ist doch noch gar nicht tot!«
»Nun«, sagt der Jude, »ich kann warten.«

Zwei Fußballfreunde unterhalten sich.
»Weißt du schon, dass wir das gestrige Länderspiel gegen die Sowjetunion gewonnen haben?«
»Um Gottes willen, das ist ja eine Katastrophe!«
»Keine Sorge, wir haben uns schon entschuldigt.«

Eine Interflug-Maschine fliegt Moskau an.
Der Kapitän gibt durch den Lautsprecher bekannt:
»Bitte die Gürtel enger schnallen!«
Ein sowjetischer Funktionär an Bord springt vom Sitz auf und ruft:
»Ich verbitte mir diese antisowjetische Propaganda!«

Länderspiel UdSSR-DDR.
Der Mittelstürmer der DDR-Nationalmannschaft humpelt vom Fußballplatz. Besorgt kommt ihm der Trainer entgegen und fragt:
»Ist dein Bein verletzt?«
Der Stürmer: »Nein, ist nur eingeschlafen!«

Ein Hauptmann begrüßt
die jungen Soldaten.
»Woher kommen Sie denn?«,
fragt er einen Neuling.
»Aus Gera, Herr Kompaniechef.«
»Sagen Sie lieber
Genosse Hauptmann zu mir.«
»Jawohl, lieber Genosse Hauptmann.«

Drei Jungs unterhalten sich über ihre Väter.
»Mein Vater ist Pfarrer.
Wenn er durchs Dorf geht,
reden ihn die Leute mit Euer Hochwürden an.«
Der zweite: »Mein Vater ist Landesbischof.
Wenn er durch die Stadt geht,
sagen die Leute Seine Heiligkeit.«
Der dritte: »Das ist gar nichts.
Mein Vater ist Parteisekretär.
Wenn er durch den Betrieb geht,
sagen die Arbeiter: Gott o Gott.«

Ein Angler angelt an einem See, wo Angeln
verboten ist. Ein Volkspolizist stellt ihn zur Rede.
»Ich bade ja bloß meinen Regenwurm«,
erwidert der Angler und hebt die Rute.
Der Polizist triumphiert
»Aber zahlen müssen sie trotzdem.
Der Wurm hat nichts an!«

Zwei Genossen unterhalten sich.
»Was machst du heute Abend?«
»Ich muss zum Parteilehrjahr.«
»Da warst du doch gestern Abend schon!«
»Gestern war Parteigruppenberatung.«
»Wollen wir morgen Abend mal mit unsern
Frauen ausgehen?«
»Nein, ich muss zur Parteileitungssitzung.«
»Sag mal, wann schläfst du eigentlich?«
»Während der Parteiversammlung.«

Frau Meier klagt Frau Müller ihr Leid.
»Stell dir vor, meinen Mann haben Sie gestern bei der Mai-Demonstration verhaftet.«
»Warum denn das?«
»Er wollte Walter Ulbricht Blumen zuwerfen.«
»Und deshalb haben Sie ihn verhaftet?«
»Nun ja, der Blumentopf war noch dran.«

In der Schule lernen die Kinder, daß der Mensch vom Affen abstammt.
Meint Fritzchen zum Lehrer:
»Aber DDR-Bürger stammen bestimmt nicht vom Affen ab.«
»Wieso nicht?«
»Kein ehemaliger Affe hält es so lange ohne Bananen aus.«

Was ist der kleinste Bauernhof der DDR?
Ein Auto der Volkspolizei: Hinten der Hund, vorne die Bullen und in der Mitte das arme Schwein!

»Wie beurteilen Sie die politische Lage?«
Passant: »Ich denke …«
Stasi-Beamter:
»Das genügt – Sie sind verhaftet!

Ein volkseigener Güterzug mit 13 Waggons fährt in den volkseigenen Bahnhof von Leipzig ein. Plötzlich fängt die volkseigene Lokomotive Feuer und brennt völlig aus.
Das Feuer springt auf die Waggons über und 12 der 13 Waggons brennen ebenfalls völlig aus. Nur einer der Wagons brennt nicht.
Was hat er geladen?
Streichhölzer Made in GDR.

Anfrage an Sender Jerewan:
Ist es wahr, dass sich die Liebe der DDR zur Sowjetunion ständig vertieft?
Antwort:
Ja, sie hat soeben einen Tiefpunkt erreicht.

»Die sowjetischen Fischkonserven, die ich gestern bei Ihnen kaufte, sind ungenießbar!«, beschwert sich eine Hausfrau in einem Kaufhaus.
»Ich kann Ihnen nur versichern, dass sie direkt aus der UdSSR importiert wurden«, entgegnet der Verkäufer.
»Importiert?«, schimpft die Hausfrau.
»Sie meinen wohl deportiert?!«

Übrigens ist der Trabbi ein echter Fortschritt im Automobilbau. Bei einem Unfall haben Fußgänger jetzt erstmals die Möglichkeit, zurückzuschlagen.

Die Lehrerin fragt in der Schule, mit welchem Bild man die DDR beschreiben könnte.
»Ich stelle mir vor«, meldet sich ein Schüler, »die DDR ist wie ein Baum. Fest verwurzelt im sozialistischen Staatenverband gedeiht er, wächst empor und wird immer stärker.«
»Ich stelle mir vor«, meldet sich ein zweiter Schüler, »die DDR ist ein riesiger Traktor mit einem riesigen Pflug daran. Unermüdlich fährt der Traktor vorwärts, und überall, wo er den Ackerboden aufgebrochen hat, blüht und gedeiht es.«
»Ich stelle mir vor«, meldet sich Fritzchen, »die DDR ist ein stolzes Schiff. Das Schiff trotzt jedem Sturm und jeder See, und die Leute stehen an Deck …«
»Ein sehr schönes Bild, Fritzchen«, unterbricht die Lehrerin.
Fritzchen fährt fort: »Und die Leute stehen an Deck und kotzen und kotzen …«

Als ein Mann am Zeitungskiosk »Neues Deutschland« kaufen will, muss er hören: »Ist noch nicht da ...« Als er daraufhin »Die Freiheit« aus Halle kaufen will, muss er hören: »Geht nicht. Die Freiheit kommt erst mit dem neuen Deutschland.«

Der eine Genosse zum andern: »Zum Jahrestag der Oktoberrevolution wird eine neue Illustrierte Geschichte der KPdSU erscheinen.«
»Illustriert sogar?«
»Ja, mit Radierungen von Breshnew.«

DDR

In der Schule wird bei der Vorbereitung des Gründungstages der DDR darüber gesprochen, womit man die Republik vergleichen kann.
Der erste Schüler:
»Die DDR ist wie ein blühender Rosengarten.«
Der zweite Schüler:
»Die DDR ist wie ein Atomkraftwerk – strotzend vor Energie.«
Der dritte Schüler: »Die DDR ist wie ein Ozeandampfer – mal rechts, mal links, mal oben, mal unten – allen zum Nutzen, aber keiner kann aussteigen!«

**Anfrage an den Sender Jerewan:
Kann man einen Moskwitsch
mit 120 Kilometern um die Kurve fahren?
Antwort:
Im Prinzip ja. Aber nur einmal.**

»Wenn Sie einen Wunsch frei hätten, was würden Sie sich wünschen?«
»Ein Auge am Zeigefinger meiner rechten Hand.«
»Ein seltsamer Wunsch, können Sie den erklären?«
»Gern. Hätte ich ein Auge am Finger, könnte ich hinter den Ladentisch zeigen und sagen: Davon hätte ich gern was, davon und davon.«

*»In unserer Partei gibt es zwei Strömungen.
Die erste handelt aus Angst,
die zweite aus Überzeugung«,
meint ein Funktionär zu Honecker.
»Welche sollen wir bevorzugen?«
»Die aus Angst. Die Überzeugung kann wechseln.«*

SIE IST GEWACHSEN, DER ALTE TOPF GENÜGT NICHT MEHR!

Vom VIII. zum IX. Parteitag

1971–1976

15.–19. Juni 1971: Der VIII. Parteitag der SED postuliert die »Einheit von Wirtschafts- und Sozialpolitik«, der Neubau von 500 000 Wohnungen wird beschlossen, Leonid Breshnew ist Gast des Parteitages +++ Juni 1971: Erich Honecker wird Nachfolger von Walter Ulbricht als Vorsitzender des Nationalen Verteidigungsrates +++ November 1971: Ein Preisstop für Konsumgüter und Dienstleistungen bis 1975 wird verkündet +++ Januar 1972: Honecker bezeichnet die BRD erstmals als Ausland +++ März 1972: Gesetz über Schwangerschaftsabbruch +++ November 1972: Polnische Bürger dürfen nur noch 200 Mark umtauschen, um den Einkaufstourismus einzudämmen +++ Dezember 1972: Unterzeichnung des Grundlagenvertrages zwischen DDR und BRD +++ Januar 1973: Das russische Mondmobil Luna 21, Teil des Programms zur Erforschung des Mondes Lunochod 2, landet auf dem Mond +++ Februar 1973: Die UdSSR und die DDR schließen ein unbefristetes Rahmenabkommen über Erdöllieferungen an die DDR ab +++ Juni 1973: Leonid Breshnew reist in die USA zu Gesprächen mit Richard Nixon +++ Juli/ August 1973: X. Weltfestspiele der Jugend und Studenten in Berlin, am 1. August stirbt Walter Ulbricht +++ Oktober 1972: Wili Stoph wird Staatsratsvorsitzender +++ November 1973: Der einmillionste Trabant läuft im Sachsenring Automobilwerke Zwickau vom Band +++ Dezember 1973: Das blaue Halstuch tragen nur noch die Jungpioniere, Thälmann-Pioniere bekommen das rote Halstuch +++ Januar 1974: DDR-Fahrzeuge werden von nun an mit »DDR«, nicht mehr mit »D« gekennzeichnet +++ Januar 1974: Egon Krenz wird neuer Vorsitzender der FDJ +++ Februar 1974: Literaturnobelpreisträger Alexander Solschenizyn wird aus der Sowjetunion ausgewiesen +++ April 1974: In Bonn wird der DDR-Spion Günter Guillaume verhaftet, weswegen Willy Brandt im Mai als Bundeskanzler zurücktritt +++ Juni 1974: Das sogenannte Sparwassertor entscheidet das Fußball-WM-Spiel zwischen der BRD und der DDR. Die DDR gewinnt 1:0 +++ Januar 1975: Die Sonntagsausgaben aller DDR-Zeitungen werden aufgrund Papiermangels eingestellt +++ Januar/Februar 1975: Günter Mittag vereinbart auf einer Japanreise den Ausbau der Handelsbeziehungen +++ April 1975: Die erste DDR-Baukolonne reist zur Drushba-Trasse in die Sowjetunion +++ Juli/August 1975: Während der Abschlussphase des KSZE kommen Erich Honecker und Bundeskanzler Helmut Schmidt zu Gesprächen zusammen +++ April 1976: Eröffnung des Palasts der Republik

„Zum letzten Mal, nein, ich will kein Bier!"

Drei Rentner unterhalten sich, wie sie ihre Tage verbringen.
»Ich schlafe bis zum Nachmittag«, sagt der Franzose
»dann kaufe ich eine Flasche Pernod und gehe zu meiner Geliebten.«
»Und ich stehe früh auf«, sagt der Schotte,
»kaufe mir eine Flasche Whisky, und dann gehe ich Lachse angeln.«
»Ich stehe auch früh auf«, sagt der DDR-Renter,
»nehme meine Herztropfen und gehe zur Frühschicht.«

Die Grundregeln:
In Frankreich ist alles erlaubt, was nicht explizit verboten ist.
In der Bundesrepublik ist alles verboten, was nicht explizit erlaubt ist.
In Italien ist alles erlaubt, insbesondere das, was explizit verboten ist.
In der DDR ist alles verboten, insbesondere das, was explizit erlaubt ist.

An einer öffentlichen Toilette
hängt ein Schild mit dem Hinweis:
»Schlüssel beim Pförtner des Rates der Stadt.«
Am nächsten Tag steht darunter:
»In dringenden Fällen an den Rat
des Bezirkes wenden!«

Der Dozent fragt nach dem Unterschied zwischen Sozialismus und Kommunismus.
Der Student sagt: »Wie schon Bert Brecht sagte, ist der Kommunismus das Einfache, was schwer zu machen ist.«
Der Dozent ist zufrieden: »Und, wie ist das mit dem Sozialismus?«
Der Student denkt nach, dann sagte er: »Sozialismus ist das Schwere, das einfach nicht zu machen ist.«

Ein Arzt und ein Arbeiter unterhalten sich über die Vor- und Nachteile der sozialen Zugehörigkeit.
Der Arbeiter: »Du bist einerseits natürlich besser dran als ich: verdienst mehr Geld, besitzt ein Haus …
Aber dafür darf mein Sohn studieren.«
Sagt der Arzt: »Tja, dein Sohn, aber mein Enkel!«

Der Leiter eines Landwarenhauses will eine neue Verkäuferin einstellen. Er fragt:
»Sind Sie verheiratet?« Die Frau nickt.
»Wie viele Kinder haben Sie?«
Die Frau voller Stolz: »Vier.« – »Leben Ihre Eltern noch?« – »Ja.« – »Schwiegereltern auch?« – »Ja!« – »Haben Sie Geschwister?« – »Ja, fünf.
Und die haben auch Familie und wohnen alle in der Nähe, so daß man sich auch mal gegenseitig unterstützen kann.« – »Tut mir leid«, sagt der Verkaufsstellenleiter, »dann kann ich Sie nicht anstellen. Von den Apfelsinen und Bananen, die wir zweimal im Jahr geliefert bekommen, müssen wenigstens ein paar über dem Ladentisch verkauft werden.«

Eines Tages klingelt bei Erich Honecker das Telefon.
Seine alte Mutter ist dran: »Na mein Erich,
was machst du denn jetzt – bist du noch Dachdecker?«
»Nein« , antwortet Erich. »Ich bin jetzt Staatsratsvorsitzender.«
Seine Mutter fragt: »Staatsratsvorsitzender? Was ist denn das?«
Erich sucht nach Worten:
»Ach Mutti, das ist, äh … so etwas wie ein Kaiser!«
Die Mutti ganz entzückt: »Kaiser, das ist ja wunderschön!
Wo bist du denn Kaiser?« Erich, stolz: »In der DDR!«
Darauf die Mutter entsetzt: »In der DDR? Da pass aber auf,
dass dir die Kommunisten nicht alles wegnehmen!«

Warum hat der Palast der Republik
auch an der Spreeseite einen Balkon?
Damit Honecker Flottenparaden
abnehmen kann.

Zwei Polizisten laufen Streife.
»Guck mal«, sagt der eine, »da liegt ein Spiegel!« ,
hebt ihn auf und sieht hinein.
»Mensch, den Kerl kenne ich doch.
Da muss ich morgen mal in die
Fahndungsliste gucken.« Er steckt den Spiegel
in die Jackentasche und geht nach Haus.
Seine Frau hängt die Jacke auf und kontrolliert
gewohnheitsgemäß die Taschen.
Sie findet den Spiegel, guckt rein
und ruft empört aus:
»Dachte ich es mir doch! Fremde Frauen!«

Ein Funktionär der französischen Bruderpartei besucht die DDR, wird von seinen Gastgebern durch Fabriken und Baustellen geführt und erklärt zum Abschied: »Tröstet euch, Genossen – bei uns arbeitet die herrschende Klasse auch nicht!«

Sie haben doch die „Berliner ‚Zeitung" — welche Straßen sind denn heute für'n Verkehr freigegeben?

Ein Rentner darf das erste Mal nach Westberlin fahren. »Du«, sagt er zu seiner Frau, »da bringe ich dir was Schönes vom Ku'damm mit!« Als er zurückkehrt, empfängt ihn seine Frau erwartungsvoll. »Ach, weißt du«, sagt er kleinlaut, »ich bin den Ku'damm mehrmals rauf und runter gelaufen, und stell dir vor, ich habe weit und breit keinen Intershop gefunden.«

»Welches ist der größte Strom der Erde?«, fragt der Geografielehrer.
»Das ist die Elbe«, sagt Fritzchen.
»Wie kommst du darauf?«, wundert sich der Lehrer.
»Meine Großeltern haben gesagt, sie brauchen 60 oder 65 Jahre, um ans andere Ufer zu gelangen.«

Honecker fährt nach seinem Staatsbesuch bei Breshnew zum Flugplatz. Plötzlich lässt er den Konvoi anhalten, steigt aus, geht auf den Acker, sammelt ein paar Steine auf, steigt wieder ein und lässt weiterfahren. Nach wenigen hundert Metern dasselbe Spiel – anhalten, aussteigen, Steine einsammeln, einsteigen, weiterfahren. Dem Eskortenführer wird die Sache langsam unheimlich. Als Honecker erneut anhalten lässt, wird es ihm zu bunt. Er meldet die Sache über Funk seiner Zentrale. Zwei Minuten später bekommt er von dort den Befehl, den Konvoi sofort umkehren zu lassen.
»Warum?«, fragt er verblüfft.
Antwort der Zentrale: »Honecker wurde versehentlich das Programm für LUNOCHOD eingelegt.«

An der Spezialschule für Eissport in Karl-Marx-Stadt bewirbt sich ein junges Mädchen.
»Ich kann eine Acht laufen.«
Sagt die Trainerin:
»Das reicht nicht, das kann fast jeder.«
»Aber nicht in römischen Ziffern.«

Lotte Ulbricht ruft zum wiederholten Male im Himmel an. »Ist denn mein Mann endlich im Himmel angekommen?«
Petrus antwortet: »Frau Ulbricht, ihr Mann hat Himmelfahrt abgeschafft, zu Fuß dauert das einfach länger.«

Vor dem Staatsratsgebäude in Berlin langweilen sich eine Schnecke und eine Ziege. Sie beschließen, einen Wettlauf zu machen. Die Ziege ist eindeutig schneller. Aber da kommt die Schnecke aus dem Staatsrat und trägt eine Verdienstmedaille.
»Wieso du? Ich war doch viel schneller«, sagt die Ziege.
Darauf die Schnecke: »Darfst nicht meckern. Musst kriechen.«

Zwei Volkspolizisten haben sich für eine höhere Laufbahn beworben. Dazu müssen sie allerdings eine mündliche Prüfung bestehen. Nun sitzen sie zitternd vor dem Prüfungsraum. Der erste wird hereingerufen. Ein paar Minuten später kommt er wieder heraus und sagt:
»Es gab nur eine einzige Frage: Wie heißt unser Staatsratsvorsitzender?«
Darauf sagt der andere Volkspolizist:
»Oje, und so was Schweres wusstest du?«
»Klar, der heißt Honecker.«
»Wie war das?«
»HON - EC - KER!« buchstabiert der erste.
»Momentchen, das schreibe ich mir unter meinen Schuh!«, sagt der andere und kritzelt »Honecker« auf die Schuhsohle.
Kurze Zeit später, in der Prüfung, wird ihm tatsächlich diese Frage gestellt. Versteckt schaut er auf seine Schuhsohle und verkündet stolz die Antwort:
»Salamander!«

Ein Esel und ein Trabant treffen sich.
»Guten Tag, Auto« , sagt der Esel.
»Guten Tag, Pferd«, sagt der Trabant.
»Nanu!«, staunt der Esel,»warum sagst du Pferd zu mir?«
»Du sagst ja auch Auto zu mir.«

Was ist dort, wo ein Genosse ist? Ein Weg.
Was ist dort, wo zwei Genossen sind? Eine Straße.
Was ist dort, wo viele Genossen sind?
Der Intershop.

Der sowjetische Partei- und Staatsführer Leonid Breshnew und USA-Präsident Richard Nixon können sich auf einem Gipfeltreffen nicht einigen, wer von ihnen der Bedeutendere sei und das bessere Gesellschaftssystem vertrete. Sie beschließen, die richtige Antwort durch ein Autorennen mit ihren Staatskarossen zu ermitteln. Nixon gewinnt mit einer Radlänge Vorsprung.
Am nächsten Tag meldet das Neue Deutschland:
»Bei einem Internationalen Autorennen am Rande des Gipfeltreffens belegte unser verehrter Genosse Breshnew einen hervorragenden zweiten Platz, während USA-Präsident Nixon nur Vorletzter wurde.«

Ernste trifft Egon auf der Straße.
Ernste: »Hast schon gehört, Willi Brandt und Leonid Breshnew haben sich getroffen und beschlossen, dass die Mauer geöffnet werden muss, dass Honecker abgesetzt wird und 17 Kneipen in Berlin geschlossen werden.«
Egon: »Warum, welche 17 Kneipen denn?«
Ernste: »Was, danach fragste ...«

Ein Volkspolizist sitzt mit seiner Frau im Kino. Die Filmszene zeigt einen schwanken-den Steg, über den ein Polizist läuft. »Wetten« , sagt seine Frau »dass der gleich ins Wasser fällt!« Der Mann hält dagegen. Doch gleich darauf fällt der Polizist ins Wasser. Der Polizist kopfschüttelnd: »Ich hab den Film gestern schon gesehen und hätte nie gedacht, dass der Kollege den gleichen Fehler noch einmal macht.«

Vor der Nervenklinik hat ein Auto eine Panne. Der Fahrer versucht alles Mögliche, nichts funktioniert. Auf der Mauer der Klinik sitzt ein Patient.

»Versuchen Sie es doch mal mit den Zündkerzen«, sagt er zu dem Mann. Und tatsächlich, das Auto ist wieder fahrtüchtig.

»Sie sind aber ein pfiffiges Kerlchen«, bedankt sich der Mann. »Warum sind Sie denn in der Nervenklinik?«

»Ich wollte abhauen«, sagt der Patient.

Der Mann wundert sich:

»Aber da kommt man doch nicht in eine Nervenklinik!«

Darauf der Patient:

»Ich wollte in die Sowjetunion abhauen!«

Ein SED-Genosse kehrt von einer Dienstreise aus der Bundesrepublik zurück.
Sein Vorsitzender fragt ihn: »Na Genosse, haben Sie den faulenden und sterbenden Kapitalismus gesehen?«
»Ja.«
»Und was halten Sie davon?«
Der Genosse überlegt einen Moment und sagt seufzend:
»Ein schöner Tod …«

Ferienwelle Rostock
»Beim nächsten Ton ist es 8 Uhr.
Und nun noch eine Sonderdurchsage für unsere Urlauber von der Volkspolizei: 8 ist, wenn der große Zeiger nach oben zeigt, und der kleine auf die Bretzel.«

Was ist der Unterschied zwischen Demokratie und sozialistischer Demokratie?
Na, so ungefähr derselbe wie zwischen einem Stuhl und einem elektrischen Stuhl.

Die Frau zum Polizisten:
»Du, unser Sohn soll auf die Hilfsschule.«
»Na, wenn er das Zeug dazu hat!«

Anfrage an den Sender Jerewan:
Kann ein sozialistischer Leiter leiten?
Antwort: Im Prinzip ja, aber haben Sie schon mal einen Zitronenfalter Zitronen falten sehn?

Honecker muss dringend nach Berlin. Auf der Autobahn ist Stau. Der Fahrer bekommt die Anweisung über die Dörfer zu fahren. Im ersten Dorf wird durch das zu schnelle Fahren eine Gans überfahren. Honecker meint:»Was nun? Wir müssen uns entschuldigen! Ich werd mal klingeln gehen!«
Nach fünf Minuten kommt Honecker wieder und hat ein blaues Auge. Die Fahrt geht weiter. Auf dem nächsten Dorf, wieder zu schnell unterwegs, wird eine Ziege überfahren. Honecker geht sich wieder entschuldigen und kommt 5 Minuten später wieder und das andere Auge ist blau. Der Fahrer rast über das nächste Dorf und ein Schwein wird überfahren. Honecker mag sich nicht mehr entschuldigen und schickt den Fahrer. Und der kommt einfach nicht 3 Stunden vergehen als der Fahrer total besoffen am Auto steht. Und Honecker fragt:«Was ist denn passiert?«
Der Fahrer: »Ja ich hab geklingelt und gesagt, ich bin der der Fahrer vom Honecker und hab das Schwein überfahren.«

Breshnew, Helmut Schmidt und Honecker unterhalten sich über das Tempo der Entwicklung in ihren Ländern.
Breshnew: »Bei uns in der UdSSR wird ein Traktorenwerk innerhalb dreier Monate gebaut, dann verlassen die ersten Traktoren schon das Werk.«
Schmidt: »Bei uns in der BRD bauen wir innerhalb eines Monats ein Atomkraftwerk, dann wird bereits Energie geliefert.«
Darauf Honecker: »Das ist doch gar nichts im Vergleich zum Tempo in der DDR. Als ich gestern morgen von Wandlitz zum ZK fuhr, hoben Arbeiter das Fundament für eine Bierbrauerei aus. Und als ich abends nach Hause fuhr, waren die Arbeiter bereits sternhagelvoll!«

Anfrage an den Sender Jerewan:
Kann ein Analphabet Mitglied der Akademie der Künste werden?
Antwort:
Im Prinzip ja, aber kein korrespondierendes.

An einer Schule in Leipzig behandelt der Lehrer die Nutzpflanze Tee. Die Kinder zählen Teesorten auf. Da meldet sich Fritzchen.
»Ich kenne noch eine weitere Sorte, SED.«
»Ja«, sagt der Lehrer, »und was weißt du über die Wirkung?«
»Zum Einschlafen.«

Rasenmäher „Trolli" nicht am Lager! Aber dieses Modell ist auch sehr zuverlässig ...

Ein Mann geht in Dresden in die Bank. Er hat 100 Mark, will ein Konto anlegen, ist aber misstrauisch.
»Was ist, wenn die Bank pleite macht?«, fragt er den Mann am Schalter.
»Die Bankdirektion garantiert, dass Sie ihr Geld zurückbekommen.«
»Was ist, wenn die Bankdirektion pleite macht?«
»Dann garantiert das Finanzministerium die Rückgabe.«
»Und wenn das Finanzministerium pleite macht?«
»Dann garantiert die Regierung der DDR für Ihr Geld.«
»Und was ist, wenn die Regierung pleite geht?«
»Na, das wird Ihnen doch wohl 100 Mark wert sein.«

Ein Gast aus der Bundesrepublik fragt den Kellner im Interhotel, was er bestellen könne. Der Kellner sagt:
»Alles, mein Herr.«
Der Gast erwidert: »Das glaube ich nicht.«
Der Kellner: »Nennen Sie mir ein Gericht, und ich serviere es Ihnen. Wenn nicht, zahle ich Ihnen 500 Mark.«
Der Mann bestellt gepökelten Elefantenpopo mit Zwiebelringen und Kroketten. Eine Stunde vergeht. Nichts. Kein Kellner lässt sich blicken. Da sieht der Gast, wie ein Elefant durch den Hoteleingang geführt wird. Nach einer weiteren Stunde erscheint der Kellner mit trauriger Miene. »Hier haben Sie die 500 Mark. Mit Ihrem Menü klappt es nicht.«
»Wieso?«, wundert sich der Gast.
»Ich habe genau gesehen, wie ein Elefant in die Küche gebracht wurde!«
»Das schon«, sagt der Kellner,
»aber treiben Sie mal in so kurzer Zeit Zwiebeln auf!«

Im Pazifik geht ein Schiff unter.
Nur zwei Männer und eine Frau überleben und retten sich auf eine kleine Insel.
Was geschieht, wenn die beiden Männer Franzosen sind?
Sie leben glücklich in einer Ménage à trois.
Was geschieht, wenn die beiden Männer Italiener sind?
Der eine bringt den anderen um, um die Frau für sich zu erobern.
Was geschieht, wenn die beiden Männer Engländer sind?
Sie ziehen sich auf eine andere Insel zurück, um die Dame nicht zu belästigen.
Und was geschieht, wenn die beiden Männer DDR-Bürger sind?
Sie schicken eine Flaschenpost an ihren Parteisekretär und bitten um weitere Instruktionen.

Was sind die Hauptschwierigkeiten beim Aufbau des Sozialismus?
Frühling, Sommer, Herbst und Winter.

Das neue Parteistatut hat nur noch zwei Paragraphen.
§1: Die Partei hat immer Recht.
§2: In allen anderen Fällen tritt §1 in Kraft.

Warst du zur letzten Parteiversammlung?
Ach, wenn ich gewusst hätte, dass es die letzte war …

Als Ulbricht nicht mehr war,
wurde Berlin umbenannt.
In Schweinfort.

Ein Reporter der »Prawda« besucht die Tschuktschen-Halbinsel und trifft einen ganz alten Tschuktschen.
»Guten Tag«, sagt der Journalist, »ich komme von der Prawda. Ich schreibe eine Reportage über das Leben der Tschuktschen. Können Sie mir sagen, wie alt Sie sind?«
»Zweiundneunzig Jahre.«
»Dann haben sie ja die Zeit vor der Revolution noch erlebt. Können Sie unseren Lesern sagen, wie es Ihnen in der Zarenzeit ergangen ist?«
»Wir kannten nur zwei Gefühle«, sagt der alte Tschuktsche, »Hunger und Kälte.«
»Ein griffiges Bild«, lobt der Reporter, »ein sehr griffiges Bild! Vielleicht können Sie mit einem ähnlichen großartigen Bild auch Ihr heutiges Leben beschreiben?«
»Heute«, sagt der alte Tschuktsche,
»kennen wir drei Gefühle: Hunger, Kälte und Dankbarkeit.«

Was ist eine Eidechse?
Ein Krokodil nach einem Parteiverfahren.

Wie lange dauert es,
bis ein Trabi geliefert wird?
Fünf Tage.
Einen für die Anmeldung,
einen für die Abholung und dazwischen drei Parteitage.

Bei der Kohleversorgung gibt es jetzt keine Probleme mehr.
Warum?
Weil Walter Ulbricht unter Tage ist

Im Märchenland erscheinen zu einer Volkszählung drei kleine Männchen. Wer seid ihr?
Die sieben Zwerge.
Ihr seid doch aber nur drei?
Nun ja, wir kommen aus der DDR.
Keine Leute, keine Leute!
Am Abend sind auf einmal 14 Zwerge da.
Wo kommen die denn her?
Feierabendbrigade

Auf der Autobahn überholt ein Volvo einen Trabi.
Einige Stunden später erkennen sich die beiden Fahrer
auf der Intensivstation einer Klinik wieder.
»Was ist ihnen denn passiert?«
fragt der Trabifahrer den aus dem Volvo.
»Ich bin mit einem LKW zusammengestoßen«,
entgegnet der Volvo Fahrer.
»Und was hat Sie hierher gebracht?«
»Als Sie mich überholt haben, bin ich ausgestiegen.
Ich dachte, ich stehe.«

Der frisch vermählte Mann ist unzufrieden mit der Kochkunst
seiner jungen Gattin. Er schickt sie zu einem Kochkurs.
Nach einem Vierteljahr, sagt der Mann:
»Liebling, brat mir doch ein Kotelett.«
Darauf die Frau:
»Tut mir leid, wir sind erst bei der großen
sozialistischen Oktoberrevolution.«

Der Hammerwerfer aus der DDR wirft Weltrekord.
Auf die Frage des Reporters,
was denn seine nächsten Pläne seien,
antwortet er:
»Jetzt kommt die Sichel dran …«

Die Nachfolge Ulbrichts beschäftigt die Gemüter. Aussichtsreicher Vorschlag: Willi Schwabe.
Er ist der einzige, der sich in der Rumpelkammer auskennt.

Ein Ausländer ist Gast einer Parteikonferenz. »Warum stehen hier alle auf und skandieren: ›Erich, Erich‹?«

»Damit sie nicht sitzen müssen.«

Endlich hat die Stasi den Mann gefunden, der die politischen Witze über die DDR gemacht hat. Sie bringen ihn zu Honecker. Der fragt entrüstet: »Wieso erzählst du solche diffamierenden Witze, gerade jetzt, wo wir im wirtschaftlichen Aufschwung sind?« Darauf der Mann:
»Der Witz war aber nicht von mir.«

Frage: Warum wurde in Leipzig die Bowling-Bahn unterirdisch gebaut?
Antwort: Damit die in Berlin nicht merken, dass es in Leipzig noch einen Bauarbeiter gibt.

»Haben Sie schon gehört?«,
fragt ein Rentner den anderen.
»Der VIII. Parteitag hat beschlossen, die Renten auf
600 Mark zu erhöhen.«
»Wie schön, da freue ich mich!«
»Ja, aber 400 davon sind in Eigenleistung zu erbringen.«

Die HO stellt für das Jahr 1971 Hilfskräfte ein.
Liliputaner – verkaufen unterm Ladentisch.
Neger – verkaufen schwarz.
Inder – beschwören die Schlangen vor den Läden.
Schweizer – stopfen die Löcher.

Ein Westdeutscher ist zu Besuch in Leipzig und diskutiert mit seinem Cousin Paul über die politischen Verhältnisse. Er sagt: »Ich kann mich zum Beispiel in Bonn auf die Straße stellen und laut rufen:
›Bundeskanzler Brandt ist ein Idiot!‹ Da passiert mit gar nichts!« –
»Na und«, sagt Paul, »ich könnte mich auch auf den Leipziger Hauptbahnhof stellen und laut rufen:
›Bundeskanzler Brandt ist ein Idiot!‹
Da würde mir auch nichts passieren.«

Erich läuft über den Alexanderplatz und sieht einen kleinen Jungen bitterlich weinen.
Erich: »Was hast du denn mein Junge?«
Der Junge: »Ach Erich, ich bin auf's Knie gefallen und habe mir meine Hose kaputtgemacht«.
Darauf Erich: »Komm wir gehen rüber ins Centrum Warenhaus und ich kaufe dir eine neue Hose, wenn du mir versprichst mit 18 in die SED einzutreten.«
Darauf der Junge: »Aber Erich, ich bin aufs Knie gefallen, nich auf'n Kopp.«

Ein parteiloses Huhn verpflichtet sich in einer Versammlung der Hühner: »Zu Ehren des VIII. Parteitages lege ich jetzt nur noch Eier der Sorte AA!«
Krähende Zustimmung, verlegenes Scharren mit gesenkten Köpfen und drohendes Gackern.
»Ich bin doch nicht blöd«, gackert ein Huhn, »ich reiß mir doch für 2 Pfennig mehr nicht den Arsch auf!«

Weltfestspiele in Berlin.
Das ZK telefoniert mit Petrus und bittet um gutes Wetter.
Petrus sagt ab.
Also bitten die Genossen beim Teufel.
Der sagt: »Einverstanden, ich garantiere schönes Wetter, und ihr sorgt dafür, dass ich Walter bekomme.«

Bei einem Moskau-Besuch bemerkt US-Präsident Gerald Ford, dass abends die Straßen menschenleer sind. Er fragt einen Passanten, wie das zu erklären ist. »Ach wissen Sie, Herr Präsident, im letzten Jahr wurde Solschenizyn wegen seines Buches in den Westen abgeschoben. Seitdem sitzen die Leute nach der Arbeit zu Hause – und schreiben, schreiben, schreiben.«

In der Schule wird über das Ableben
des Staatsratsvorsitzenden gesprochen.
Die Lehrerin stellt die Frage:
»Was würdet ihr sagen, wenn ihr am Grabe
von Walter Ubricht würdigende Worte sprechen solltet?«
Ein Schüler meldet sich: »Er wurde geliebt von seinem Volk.«
Ein anderer: »Er war ein großer Staatsmann.«
Fritzchen ist unaufmerksam, sucht seinen Radiergummi,
der unter die Bank gefallen ist.
In dem Moment findet er ihn und ruft.
»Da liegt der Schuft und rührt sich nicht.«

Der Dresdner Fürstenzug soll erweitert werden zu Ehren der herausragenden Parteiführer:
Wilhelm der Sanfte,
Walter der Verknöcherte,
Erich der Aufsteigende.

Der Parteichef von Suhl berichtet im Dezember im Politbüro, dass es in seinem Bezirk keine Kohlen mehr gibt. »Und was macht die Bevölkerung da?«, erkundigt sich Honecker. »Sie friert.« »Es ist doch bewundernswert«, sagt Honecker, »Wie unsere Menschen sich immer wieder zu helfen wissen.«

Zwei Polizisten stehen im Schreibwarenladen.
»Ich hätte gern«, sagt der erste,
»ein Heft mit runden Kästchen.«
»Entschuldigen Sie, so etwas gibt es nicht!«
»Nee?«
»Nee, bedaure.«
Enttäuscht zieht er ab.
»Sie müssen schon verstehen«, sagt der zweite Polizist,
»wir können uns die Leute nicht aussuchen,
müssen nehmen, wen wir kriegen!«
»Schon gut«, sagt die Verkäuferin. »Was darf's denn sein?«
»Ja, ich hätte gern nen Globus von Berlin.«

Wie öffnet ein Polizist
eine Fischbüchse?
Er klopft an und ruft:
»Aufmachen.
Deutsche Volkspolizei.«

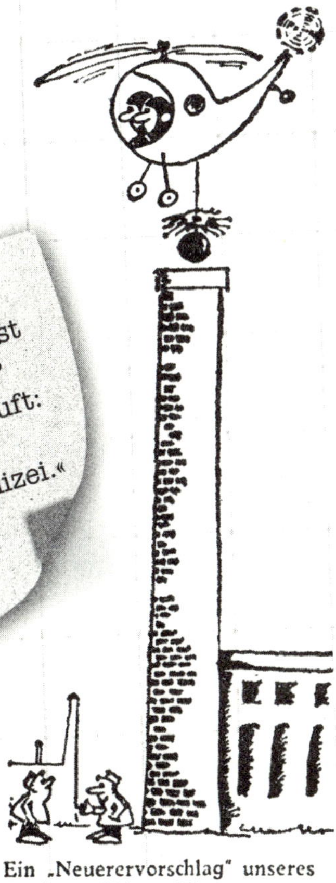

Ein „Neuerervorschlag" unseres Zeichners Dieter Kley.

Zwei Volkspolizisten stehen auf der Straße und weinen. Ein mitfühlender Passant fragt, was denn los sei.
»Uns ist der Streifenhund davongelaufen!«
»Ach«, tröstet der Bürger, »ist doch nicht so schlimm. Der findet schon zurück zum Revier.«
»Ja, der!«

Treffen zwischen Honecker, Ceausescu und Breshnew. In der Pause fragt Ceausescu Honecker: »Sag mal, hast du Leonids goldene Uhr gesehen?«
»Nee …«, sagt Erich, » … zeig mal!«

Gott ruft die Staatsführer zu sich und eröffnet, dass am 30. Mai der Weltuntergang sei.
»Ich werde Kaviar und Krimsekt an mein Volk verteilen lassen«, sagt Breshnew.
»Und ich werde Steaks und Whisky an mein Volk verteilen lassen«, sagt Nixon.
»Und ich«, sagt Honecker, »werde den 30. Mai rausarbeiten lassen.«

Hermann Axen, Honeckers engster Mitarbeiter, besucht eine landwirtschaftliche Produktionsgenossenschaft. Die Presseleute haben ein paar Fotos gemacht, die Axen inmitten einer Herde Schweine zeigen. Nunmehr entsteht in der Redaktion des »Neuen Deutschland« ein Streit über den Text der Bildunterschrift.
Der erste Redakteur schlägt vor: »Axen unter Schweinen.«
Der zweite Redakteur: »Das geht nicht. Besser ist: Axen inmitten von Schweinen.«
Darauf der dritte Redakteur:
»Um Gottes willen, das gibt Probleme mit der Zensur. Ich schlage vor: Vierter von links: Hermann Axen.«

Erich Honecker ist zu Besuch bei Leonid Breshnew in Moskau. Der schenkt ihm einen Anzug, der wie angegossen passt. Als Honecker den Anzug in Berlin anzieht, sind Ärmel und Hosenbeine zu kurz. »Da kannst du mal sehen«, sagt Margot, »wie klein du dich immer in Moskau machst.«

Ein Mann fährt Straßenbahn und liest eine Partitur.
Plötzlich wird er festgenommen und zum Verhör gebracht.
»Erklären Sie uns, was das für eine Geheimschrift ist!«
»Das ist keine Geheimschrift, das sind Noten.«
»Und die können Sie lesen?«
»Ja.«
»Einfach so?«
»Ja.«
»Und was steht da drin?«
»Wie soll ich das sagen, es sind Noten!«
»Und wer hat sie geschrieben?«
»Wagner, Richard Wagner hat sie geschrieben.«
»Den haben wir schon vernommen, der hat gestanden.«

Soldat Schulze, sammeln Sie mal das Toilettenpapier wieder ein, die Inspektion ist vorbei!

Ein Volkspolizist betritt ein Konsumwarenhaus.
Er spricht die Verkäuferin an: »Guten Tag, ich hätte gern dieses Tonbandgerät gekauft.«
Die antwortet: »An Polizisten verkaufen wir nichts!«
Der Polizist geht und erscheint kurz darauf in Zivil wieder.
Er spricht die Verkäuferin erneut an: »Guten Tag, ich hätte gern dieses Tonbandgerät gekauft.«
Die antwortet wieder: »An Polizisten verkaufen wir nichts!«
Der Polizist geht wieder und erscheint kurz darauf unkenntlich verkleidet mit falschem Bart nochmals.
Er spricht die Verkäuferin wieder an:
»Guten Tag, ich hätte gern dieses Tonbandgerät gekauft.«
Die antwortet nochmals: »An Polizisten verkaufen wir nichts!«
Der Polizist fragt verzweifelt: »Sagen Sie mal, wie haben sie mich denn eigentlich erkannt?«
Antwort: »Ganz einfach – es handelt sich nicht um ein Tonbandgerät, sondern um einen zweiflammigen Gaskocher.«

Ein Polizist steht auf der Straße
und hat einen weißen und einen schwarzen Stiefel an.
Kommt eine Funkstreife und hält an.
»Genosse«, sagt der Fahrer,
»du hast einen weißen und einen schwarzen Stiefel an.
Geh nach Hause und kleide dich richtig.«
»Wie denn«, sagt der Polizist, »da stehn auch bloß ein weißer und ein schwarzer Stiefel.«

Willi Stoph geht spazieren und kommt am Lenin-Denkmal vorbei. Da hört er jemanden stöhnen.
Verwundert schaut er Lenin an und hört ihn sagen:
Alle haben ein Pferd, nur ich muss stehen.
Besorg mir ein Pferd!«
Willi rennt zu Walter und erzählt ihm davon.
Beide gehen zum Denkmal.
Als Lenin Walter sieht, sagt er:
»Willi, du solltest mir ein Pferd bringen und keine Ziege!«

Breshnew besucht Honecker,
der ihm als Begrüßungsgeschenk einen Teller
aus Meißner Porzellan überreicht.
Unschlüssig wendet Breshnew
den Teller hin und her.
»Ist irgendwas nicht in Ordnung?« fragt Honecker.
»Doch, doch«, sagt Breshnew,
»ich suche nur die Anstecknadel!«

Erich Honecker erkundigt sich bei Günter Mittag nach der Höhe der Ausschuss-Produktion. »Nur acht Prozent«, sagt Mittag stolz. »Aber reicht denn das zur Versorgung unserer Bevölkerung?«

Erich Honecker ist bei Breshnew zu Besuch in Moskau. Dieser will ihm die Ergebenheit der sowjetischen Bevölkerung beweisen. Breshnew steigt auf den Kreml-Turm und ruft dem herbeilaufenden Volk zu:
»Wer ist euer Vater?«
Antwort: »Du, o Leonid!«
»Wer ist eure Mutter?«
Antwort: »Die ruhmreiche Sowjetunion!«
»Und was wollt ihr?«
Antwort: »Frieden und Kommunismus!«
Honecker ist beeindruckt, will aber Breshnew nun seinerseits die Zufriedenheit der DDR-Bürger beweisen. Zwei Wochen später besucht Breshnew Honecker. Letzterer steigt auf den Palast der Republik in Berlin und ruft:
»Wer ist euer Vater?«
Antwort: »Du, Erich!«
»Wer ist eure Mutter?«
Antwort: »Die DDR!«
»Und was wollt ihr?«
Antwort: »Bessere Eltern!«

Margot Honecker trifft Inge Lange.
»Stell dir vor«, sagt sie,
»ich habe für meinen Erich eine
Erstausgabe vom ›Kapital‹ bekommen!«
»O ja«, sagt Inge Lange begeistert,
»das war ein guter Tausch.«

Drei Zwickauer Kinder unterhalten sich.
»Mein Vater«, sagt der erste, »arbeitet im Autowerk
und taucht linke Kotflügel.«
»Mein Vater«, sagt der zweite, »arbeitet auch im
Autowerk und taucht rechte Kotflügel.«
»Mein Vater«, sagt der dritte, »arbeitet auch im
Autowerk, aber er taucht nischt,
er ist Parteisekretär.«

Honecker bekommt eines Tages die Möglichkeit, mit Ulbricht, der ja nun im Politikerhimmel ist, ein kleines Telefonat zu führen. Sie reden über dies und jenes, und am Ende fragt Honecker, ob er etwas für Ulbricht tun könne.
Dieser sagt: »Wenn der nächste Politiker stirbt, dann gib ihm doch bitte ein Essbesteck für mich mit.«
Honecker fragt verwundert: »Wieso das denn? Müsst Ihr dort oben mit den Händen essen?«
»Das nicht. Aber wenn die Adenauer-Clique Tischdienst hat, muss ich immer mit Hammer und Sichel essen.«

Warum fand das Treffen Willy Brandts mit Willi Stoph in Erfurt und nicht in Berlin statt?
Antwort: In Berlin hätte der Eindruck entstehen können, daß man Brandt einen Bären aufbinden wollte. In Erfurt dagegen konnte man durch die Blume sprechen.«

Das DDR-Fernsehen sendet drei Sorten von Nachrichten: wahre, wahrscheinliche und unwahrscheinliche. Zur ersten Kategorie gehört die Zeitansage, zur zweiten die Wettervorhersage. Der Rest gehört zur dritten Kategorie.

Die DDR ist der einzige Staat der Welt, der den Mond konsequent für friedliche Zwecke nutzt. Für welche friedlichen Zwecke? Für die Straßenbeleuchtung.

Beim Bau der Erdgastrasse finden Mitja und Helmut einen Klumpen Gold. »Das melden wir gar nicht«, sagt Mitja, »den Erlös teilen wir uns brüderlich!« Helmut überlegt kurz und meint: »Weißt du, lieber nicht brüderlich, lieber halbe-halbe!«

Am Morgen seines zweiten Besuchstages in den USA wird Breshnew von Präsident Ford gefragt, was er denn geträumt habe. »Ich habe vom Capitol in Washington geträumt, und auf dem Dach wehte eine rote Fahne!«
»Na so was«, sagt Ford, »und ich habe vom Kreml-Palast geträumt, auf dem wehte auch eine rote Fahne!«
Breshnew lächelt überlegen:
»Die können Sie doch dort immer sehen!«
»Na ja, auf der Fahne stand noch irgendetwas geschrieben.«
»Und was?«
»Ja, das weiß ich nicht, ich kann kein Chinesisch!«

Sowjetischen Wissenschaftlern ist es gelungen, Tote zum Leben zu erwecken. Sofort wird Lenin aus dem Mausoleum geholt und zum Leben erweckt. Kaum erwacht, verfügt Lenin, ihm alle Akten und Dokumente in sein Arbeitszimmer im Kreml zu bringen und nicht zu stören. Zwei Wochen vergehen, Lenin ist immer noch in seinem Arbeitszimmer. Schließlich sieht man nach. Lenin ist verschwunden. Ein Zettel liegt auf seinem Platz: »Genossen, bin in der Schweiz, wir müssen noch einmal von vorn anfangen!«

Worauf waren die DDR-Zöllner an der Westgrenze besonders scharf?
Auf Gänsefleisch.
Sie fragten stets:
Gänsefleisch ma den Gofferraum aufmachn?!

Internationale Pressekonferenz zum Bau der Baikal-Amur-Magistrale.
Der Minister hält eine Rede und erlaubt dann, Fragen zu stellen.
»Wird diese Bahnlinie ein- oder zweigleisig?«, fragt ein ausländischer Journalist.
Der Stellvertreter des Ministers hält eine weitere Rede; die Frage wird nicht beantwortet. Der hartnäckige Journalist wiederholt die Frage, ein Abteilungsleiter setzt zu einer dritten, noch längeren Rede an.
Der Journalist: »Wird die Strecke nun ein- oder zweigleisig?«
Jetzt gibt der Minister ein Zeichen. Ein Ingenieur erhebt sich und sagt:
»Der Bau beginnt von zwei Seiten. Treffen sie sich, wird die Bahn eingleisig; treffen sie sich nicht, wird sie zweigleisig!«

»Nächstes Jahr werden die Streichhölzer teurer.«
»Wieso denn das?«
»Der Gebrauchswert ist erhöht worden. Die Köpfe sind dann an der anderen Seite.«

Stehen zwei kleine Jungen an der Grenze, einer auf westlicher, einer auf östlicher Seite. Der im Westen isst eine Banane. Der aus dem Osten guckt traurig.
Der aus dem Westen:
»Ätsch, ich habe eine Banane!«
Der aus dem Osten:
»Ätsch, wir haben den Sozialismus!«
Der aus dem Westen:
»Ätsch, wir haben auch bald den Sozialismus!«
Der aus dem Osten:
»Ätsch, dann habt ihr aber keine Bananen mehr …«

Eine Straßenbahn fährt bei Gelb über die Kreuzung, ein Polizist stoppt sie. Der Fahrer raunzt den Polizisten an: »Ich muss mich an den Fahrplan halten, habe es eilig. Sie können mich hier nicht einfach anhalten!« Sagt der Polizist. »Sein Se ruhig und fahrn Se rechts ran!«

Was sind die vier schwersten Jahre im Leben eines Polizisten?
Die erste Klasse.

Anfrage an den Sender Jerewan:
Kann man einen Polizisten als vermisst melden?
Antwort:
Im Prinzip ja, aber es vermisst ihn keiner.

Zwei Volkspolizisten wollen zur Wasserschutz-Polizei versetzt werden. Ihr Vorgesetzter gibt zu bedenken:
»Genossen, die stellen hohe Anforderungen, ihr müsst eine schwierige Aufnahmeprüfung bestehen.«
»Das werden wir schon schaffen«, sagen die beiden und bewerben sich. Die Prüfungskommission stellt ihnen die Frage:
»Was passiert mit Wasser, wenn man es auf hundert Grad erhitzt?«
Die Kandidaten schütteln die Köpfe, schweigen.
»Na gut, dann eine zweite Frage: Was passiert mit Wasser unter null Grad?«
Schweigen, Ratlosigkeit, keine Antwort. Die beiden Bewerber werden mit dem Hinweis entlassen, dass sie nicht für die Wasserschutz-Polizei in Frage kommen. Sie melden sich bei der Volkspolizei zurück.
»Welche Fragen haben die euch denn gestellt?«
will der Vorgesetzte wissen.
»Was passiert mit Wasser unter null Grad?«
»Hm. Hätt ich auch nicht gewusst. Und was noch?«
»Was passiert mit Wasser über hundert Grad?«
»Über hundert Grad? Seltsame Frage. Also wenn die gefragt hätten, was geschieht mit Wasser bei neunzig Grad, hätte ich ganz locker geantwortet: Da fließt es im rechten Winkel ab …«

Anfrage an den Sender Jerewan:
Darf man über Genosse Kossygin Witze erzählen?
Antwort:
Im Prinzip ja. Sicherheitshalber sagen Sie aber statt Kossygin besser Johnson, Mao oder Tito.

Zwei Polizisten finden einen Toten.
»Du, wir müssen ein Protokoll aufnehmen!«
sagt der eine zum anderen. »Ich fange schon mal an, und du siehst nach, wo wir uns überhaupt befinden.«
Nach einigen Minuten kehrt der andere zurück.
»Alles klar, wir sind auf dem Weg mit dem Natoraketenbeschluss!«

Zwei Volkspolizisten laufen Streife.
»Guck mal«, sagt der eine, »ein toter Vogel!«
Der andere blickt nach oben und fragt: »Wo?«

**Kommen drei Polizisten in eine Kneipe.
Der eine macht das Licht aus, der andere das Licht an, und der dritte rennt gegen die Wand.
Da sagt der Ober:
»In Ordnung, habe verstanden:
ein Dunkles, ein Helles und ein Bockbier.«**

Ein Volkspolizist findet einen Pinguin, schafft ihn zur Wache und fragt, was er machen soll. Der Wachtmeister sagt:
»Gehen Se in den Zoo.«
Der Volkspolizist macht sich auf den Weg. Nach zwei Stunden kommt er mit dem Pinguin an der Hand wieder.
»Was ist denn los?«, fragt der Wachtmeister.
»Zu Befehl, Genosse, im Zoo waren wir, jetzt wolln wir ins Kino!«

Zwei Sachsen wollen in die Sowjetunion reisen.
»Wo wolln morr denn hinmachen?«
»Am liebsdn nach Daschgend.«
»Weeßdn da dähn Wäách?«
»Da mussch mal im Atlas nachguggn.«
Er schaut nach und sagt:
»Nu ja, bis Dräsdn wesschn jädz, ...awwer dahinter dehnd sich's mächdich ...«

Ein Afrikaner passiert den Checkpoint Charlie in Berlin von West nach Ost, begegnet einer Polizeistreife und fragt nach dem Weg zum Alexanderplatz – zuerst auf Englisch, dann auf Französisch, dann auf Spanisch, dann auf Russisch. Keiner der beiden Polizisten versteht. Als der Afrikaner kopfschüttelnd weitergeht, sagt der eine Polizist zum anderen: »Hast du gemerkt? Vier Sprachen kann der!« »Na und«, sagt der andere, »hat's ihm was genützt?«

Wie bittet ein Volkspolizist um politisches Asyl?
Er geht in den Intershop und setzt sich ins Regal.

**Was haben Egon Olsen und die DDR gemeinsam?
Immer einen genialen Plan,
doch leider umzingelt von Idioten.**

**Ein Urlauber aus der DDR kommt auf dem Zeltplatz
mit einem Ungarn ins Gespräch:
»Mir geht es gut. Ich habe einen sicheren Arbeitsplatz,
ein geregeltes Einkommen, hab' genug zu essen,
fahre einen Wartburg, ich kann nicht klagen!«
Meint der Ungar:
»Das hab ich doch auch alles, aber ich kann klagen ...!«**

Ein DDR-Bürger und ein Bundesbürger treffen sich.
Der Westdeutsche: »Ich traue mich, zum Beispiel den Bundeskanzler anzuspucken. Siehst du, das ist unsere Freiheit!«
Der DDR-Bürger will mithalten:
»Ich traueauch, unsern Staatsratsvorsitzenden anzupinkeln.«
Beide merken, dass sie den Mund etwas vollgenommen haben.
Der Westdeutsche: »Nicht gerade anspucken, aber vor ihm ausspucken.«
Der DDR-Bürger: »Ich würde dabei vielleicht auch eher nicht den Hosenstall öffnen …«

Familie Lehmann aus Karl-Marx-Stadt
hat sich für einen neuen Trabant angemeldet.
Zwei Wochen später erhält Herr Lehmann einen Brief:
»Sehr geehrter Herr Lehmann,
Sie können Ihren Trabant am 25. Juli 2011 abholen.«
Darauf Herr Lehmann zurück:
»Vormittags oder nachmittags?
Nachmittags bekommen wir nämlich
schon unseren neuen Kühlschrank!«

Ein DDR Urlauber hört in Ungarn auf dem Zeltplatz Elvis und andere Westmusik und spielt sie begeistert auf seiner Gitarre nach.
Da meldet sich ein Zeltnachbar:
»He, du hörst ja einen Westsender!«
Daraufhin der Gitarrenspieler:
»Wieso hören! Ich störe ihn!«

Selbstverständlich hat jeder in unserer DDR das garantierte Recht und die Freiheit, stets frei und offen zu sagen, was er denkt.
Aber ebenso selbstverständlich ist es doch, dass niemals jemand etwas denkt, was er nicht frei und offen sagen darf!

Warum gehen die Volkspolizisten zu dritt auf Streife?
Weil sie sich so am besten ergänzen!
Der erste kann lesen, der zweite kann schreiben,
und der dritte passt auf die beiden Intellektuellen auf.

»Nun hat der Referent zwei Stunden geredet,
und nicht einmal wurde Mode vorgeführt«, sagt Erika.
»Wieso Mode?«, fragt Renate zurück.
»Na, deswegen bin ich doch gekommen:
Die Frau im neuen Staat!«

Kann Willy Brandt in die SED eintreten?
Selbstverständlich, wenn er seine
Parteibeiträge mit D-Mark bezahlt!

Die sowjetische Führung beschließt,
ihrem Volk im Fernsehen Striptease zu zeigen.
Als es so weit ist, fragt der Chefideologe:
»Und, ist die Frau, die sich jetzt Millionen Sowjetbürgern
nackt zeigen wird, auch ihrer Aufgabe gewachsen?«
»Aber ja, Genosse«, sagt Breshnew,
»Sie ist eine zuverlässige Genossin und hat
Ihr Parteibuch seit 1916.«

Ein Polizist steht auf dem Bürgersteig und schaut sich immerzu seine neue Uhr an. Eine Frau beobachtet ihn eine Weile, fragt dann freundlicherweise nach der Zeit. »Es ist genau«, sagt der Polizist, »elf durch achtundzwanzig. Aber ausrechnen müssen Sie das allein!«

Kennen Sie schon das neue Nationalgericht der DDR? Gedämpfte Zunge!

Ein DDR-Inlandsflug wird nach Köln-Bonn entführt. Das Flugzeug steht, von der GSG 9 bewacht, auf dem Rollfeld. Das ZK der SED berät, wie verfahren werden soll. Einer der Genossen schlägt vor, den Kidnapper zu fragen, welche Forderungen er stellt. Der Kidnapper, ein Familienvater von zwei Kindern stellt drei Forderungen:

1. Er möchte endlich seinen Trabant ausgeliefert haben, für den er schon 14 Jahre angemeldet ist.
2. Er möchte eine Drei-Zimmer-Wohnung für sich und seine Familie.
3. Er möchte dieses Jahr einen Ferienplatz an der Ostsee.

Der Unterhändler teilt dem ZK die Wünsche mit. Man berät, ob man den Forderungen nachgeben soll. Mielke warnt, dass das Schule machen könnte, also besser nicht nachgeben. Man solle zunächst noch in Erfahrung bringen, womit der Kidnapper droht, wenn man nicht auf seine Forderungen eingeht. Der Unterhändler wird wieder zum Flughafen Köln-Bonn geschickt. Die Antwort des Kidnappers lautet: »Dann lasse ich stündlich zwei Geiseln frei …«

AUFTRAG X. PARTEITAG
Klappoth

Vom IX. zum X. Parteitag

1976–1981

18.–22. Mai 1976: Der IX. Parteitag der SED findet im Palast der Republik statt, der Wohnungsbau steht im Zentrum der Sozialpolitik +++ Juli 1976: Erhöhung der Mindestlöhne auf 400 Mark +++ September 1976: Mao Tse-tung stirbt +++ Oktober 1976: Günter Mittag wird Sekretär des ZK für Wirtschaft +++ November 1976: Erstmals verkehrt der Städteexpress Gera-Leipzig-Berlin +++ Dezember 1976: Beschluss des Fünfjahrplanes 1976-80 +++ 1977: Beginn der Bauarbeiten zur Großstadtsiedlung Marzahn +++ Februar 1977: Erich Honecker bestätigt, dass etwa 10 000 DDR-Bürger Ausreiseanträge gestellt hätten, sieht aber keine Erleichterung der Reiseregelung vor, bis die Bundesregierung die DDR-Staatsbürgerschaft anerkenne +++ Juni 1977: Leonid Breshnew wird zum Vorsitzenden des Obersten Sowjets gewählt +++ Juni 1977: Der Wiederaufbau der Dresdner Semperoper beginnt +++ Juli 1977: In Reaktion auf die steigenden Kaffeepreise kommt der »Kaffee-Mix« in den Handel, im Volksmund heißt das Gebräu »Erichs Krönung« +++ August 1977: Der Dissident Rudolf Bahro wird verhaftet +++ November 1977: Schlüsselübergabe im Neubaugebiet Leipzig-Grünau +++ November 1977: Bestätigung des Wolfsburger Volkswagenwerkes, 10 000 VW Golf in die DDR zu liefern +++ Januar 1978: VEB Robotron Dresden ist jetzt mit 70 000 Beschäftigten das größte Kombinat der DDR +++ Februar 1978: Direktive zur Einführung des Wehrkundeunterrichts +++ August 1978: Sigmund Jähn ist der erste Deutsche im All +++ November 1978: Vertrag mit der BRD über den Bau der Transitautobahn Berlin-Hamburg +++ Februar 1979: Erich Honecker bereist mehrere afrikanische Staaten +++ April 1979: DDR-Bürger dürfen in Intershops, bei Intertank und Genex nicht mehr mit DM bezahlen, nur noch mit Forumschecks +++ Dezember 1979: Proteste gegen den NATO-Raketenbeschluss +++ Januar 1980: Das Reiterstandbild von Friedrich II. wird wieder Unter den Linden in Berlin aufgestellt +++ Februar 1980: Bei den Olympischen Spielen in Lake Placid belegt die DDR Platz 1 der Länderwertung +++ Juli/August 1980: Olympische Spiele in Moskau, Boykott zahlreicher westlicher Staaten als Reaktion auf den Einmarsch sowjetischer Truppen in Afghanistan +++ Oktober 1980: Alexej Kossygin legt aus gesundheitlichen Gründen seine Ämter nieder +++ März 1981: Abkommen über Erdöllieferungen der UdSSR an die DDR, noch im selben Jahr werden die Lieferungen wegen steigender Weltmarktpreise gekürzt

»Hast du schon gehört?
Die DDR wird umbenannt in DGR.«
»Was soll denn das heißen?«
»Deutsche Gebirgsrepublik – ein Engpass am anderen.«

Ein Kunde verlangt ein paar Herrenschuhe, Größe 44.
»Ham wa nich.«
Dann will er ein paar Damenschuhe, Größe 39.
»Ham wa nich.«
Schließlich will er Kinderschuhe, Größe 22.
»Ham wa nich.«
»Na gut«, sagt er, »werden wir eben den Kapitalismus barfuß überholen.«

Eine Dresdner Straßenbahnschaffnerin ruft die nächste Haltestelle aus:
»Dresdner Hauptbahnhof.
Wer von den Fahrgästen in den Urlaub fährt – gute Fahrt.
Wer auf Arbeit fährt – gute Erholung!«

Was ist der Unterschied zwischen einer Neutronenbombe und Kaffee-Mix? Es gibt keinen, die Tasse bleibt ganz, aber der Mensch geht kaputt.

Honecker darf als Rentner nicht rüberfahren, da er Geheimnisträger ist. Das Geheimnis ist Kaffemix.

Was bedeuten die Verkehrsschilder 80, 60, 30? Auf einen Kilometer kommen 80 Schlaglöcher, 60 cm breit, 30 cm tief.

Breshnew sucht eine Nebenbeschäftigung für Kossygin, der in Rente geht. Man schlägt ihm vor, ihn auf der Aurora als Museumswärter einzusetzen. Breshnew lehnt entrüstet ab: »Von dort aus ist schon mal eine provisorische Regierung gestürzt worden!«

Ein japanisches Flugzeug setzt zur Landung in Berlin-Schönefeld an. Ansage der Stewardess: »Meine Damen und Herren, in wenigen Minuten landen wir in der DDR. Bitte schnallen Sie sich an und stellen Sie ihre Uhren um dreißig Jahre zurück.«

Gibt es einen Unterschied zwischen einer Neutronenbombe und Kaffeemix? Ja, gegen die Neutronenbombe können Sie protestieren!

Der Papst besucht die DDR. Er sieht den restaurierten Berliner Dom und äußert sich anerkennend, sieht den Palast der Republik und sagt: »Da habt ihr aber ein schönes Pfarrhaus errichtet.«

Breshnew besichtigt die Baustelle der Trasse und wundert sich, dass dort so viele Matrosen arbeiten. Da raunt ihm sein Sicherheitsoffizier zu: »Genosse Breshnew, Matrosen tragen quergestreifte Hemden!«

Was ist die tiefste Stelle der DDR?
Berlin, da sackt alles hin.

Im Bahnhofsrestaurant: »Herr Ober, ich kaue schon 20 Minuten auf diesem Schnitzel herum.« »Sie können ruhig weiter kauen mein Herr, Ihr Zug hat 40 Minuten Verspätung.«

Auch ein Kundendienst …

Ein LPG-Bauer lässt sich im Intershop
den Korb mit Waren voll packen.
Besorgt fragt die Verkäuferin:
»Ja, haben Sie denn überhaupt Devisen?«
Der Bauer:
»De Wiesen hab ich noch, nur den Acker
haben sie mir weggenommen.«

Drei Experten unterhalten sich über die
Möglichkeiten des Landens auf der Sonne.
Der USA-Wissenschaftler:
»Wir werden erst in etwa 15 Jahren dazu in der Lage sein.«
Der Sowjetbürger: »Wir arbeiten intensiv an der Raumstation,
die in etwa 3 Jahren startet.«
Der Vertreter der DDR: »Wir starten in einer Woche.«
»Und wie haben Sie das Problem der hohen Temperaturen
auf der Sonnenoberfläche gelöst?«
»Ganz einfach, wir landen nachts.«

Was haben die DDR und
die Schweiz gemeinsam?
Beide bestehen aus Bergen
und Engpässen.

DDR-Bürger und BRD-Bürger unterhalten sich
über Planwirtschaft und Marktwirtschaft.
»Unsere Planwirtschaft ist so effizient,
dass immer alle das herstellen,
was immer alle verbrauchen können.«
»Unsere Marktwirtschaft ist so effizient,
dass immer weniger etwas herstellen
und immer mehr dies verbrauchen können,
bis zum Schluss keiner mehr etwas herstellen
muss aber alle alles verbrauchen können ...«

Ein Professor steht mit einem
leeren Netz vor der Kaufhalle und sinniert:
»War ich nun schon drinnen – oder nicht?«

„Ist schon Schichtwechsel?"
„Nein, es gibt Tomaten!"

Zeichnung: L. P.

Frau Meyer schickt Herrn Meyer einkaufen.
Zunächst geht er zum Gemüseladen. An der Tür hängt ein Schild:
»Wegen Warenannahme geschlossen.«
Meyer geht zum Elektroladen. An der Tür:
»Wegen Inventur geschlossen.«
Meyer geht zur HO-Fleischerei:
»Wegen Betriebsausflug geschlossen.«
Meyer geht zum Konsum-Bäcker:
»Wegen Haushaltstag geschlossen.«
Meyer geht nach Hause.
»Du«, sagt er zu seiner Frau,
»jetzt weiß ich, warum in der Zeitung immer steht:
›Der sozialistische Handel steht geschlossen
hinter der Bevölkerung.‹«

Da hat neulich Genosse Schulze seine Frau mit einem anderen im Bett überrascht. Er reichte die Scheidung ein. Das Gericht sprach ihn schuldig.
Wieso denn das?
Ganz einfach, hätte Genosse Schulze das Parteilehrjahr nicht eine Stunde vorzeitig verlassen, hätte es auf keiner Seite Probleme gegeben.

Biete Flugreise nach Moskau –
Suche Wanderweg nach Bonn

Woran erkennt man einen Volkspolizisten im Schuhgeschäft?
Er ist der Einzige, der die Kartons anprobiert.

Warum wird es in der DDR nicht mehr richtig Winter?
Der Golfstrom kommt.

Auf einem internationalen Medizinerkongress werden Mandeloperationen durchgeführt. Die Operation seitens der Amerikaner dauert 20 Minuten, die Franzosen benötigen 30 Minuten. Die DDR-Ärzte hingegen brauchen 8 Stunden. »Sie müssen das verstehen«, rechtfertigen diese sich, »wir müssen rektal ran, bei uns macht ja keiner den Mund auf.«

Er: »Du Schatz, ich les hier grade: Die DDR gehört zu den zehn führenden Industrie-Nationen der Welt. Ich glaub, das schreibe ich mal unserem Onkel Herbert in Düsseldorf.« Sie: »Klar, mach das. Und wenn Du grade dabei bist – er soll zu Ostern ein paar Rollen Klopaper mitschicken.«

Verkehrsdurchsage auf Radio DDR: »Vollsperrung der Autobahn Berliner Ring in Richtung Hermsdorfer Kreuz, Abfahrt Dessau-Süd und Dessau-Ost wegen eines umgestürzten, mit Südfrüchten beladenen LKW. Sie erreichen die Unglücksstelle am besten über die Fernverkehrsstraße ...«

Amateur-Zeichen-Eck

Das war leichter, als die Flasche zu besorgen!

Zeichnung: Gefr. d. R. Ulrich Zahn

Wissen Sie überhaupt, warum es in unseren Neubaugebieten so wenige Gaststätten gibt?
Aus Sorge um den Menschen.
Man hat es ja schon in nüchternem Zustand schwer, sein eigenes Haus herauszufinden.

Zwei Volkspolizisten stehen am Flughafen und beobachten die an- und abfliegenden Maschinen.
Sagt der eine zum andern:
»Nun sag mir doch mal, wie die Terroristen es immer wieder schaffen, solche riesengroßen Flugzeuge zu klauen.«
»O Mann, bist du dumm«, sagt der andere, »die werden doch nicht hier auf dem Boden geklaut, wo sie so groß sind, sondern oben in der Luft, und da sind sie klitzeklein!«

Breshnew und Carter machen einen Rundflug über New York.
»Sehr schöne Stadt«, sagt Breshnew,
»aber was sind das da für dunkle Flecken?«
»Ja, das ist unser Problem, das sind unsere Slums.«
Ein Jahr später machen beide einen Rundflug über Moskau.
»Sehr schöne Stadt, und so nette Leute«, sagt Carter,
»sie schauen uns aus Ferngläsern hinterher.«
»Ach«, sagt Breshnew, »und das ist unser Problem.
Das sind keine Ferngläser, sondern Wodkaflaschen.«

Breshnew eröffnet die Olympischen Spiele in Moskau. Er liest vom Blatt ab. »Oh, Oh, Oh …« »Aber Genosse Generalsekretär«, sagt sein Berater, »das sind doch die Olympischen Ringe!«

Was ist der Unterschied zwischen Jacobs Kaffee und Kaffee-Mix? Jacobs ist die Krönung, Kaffee-Mix ist der Gipfel.

Nach den Olympischen Spielen.
Telegramm von Breshnew an Honecker:
Glückwunsch zum 1. Platz in der Länderwertung – Stopp – zu den Goldmedaillen – Stopp – im Fußball – Stopp – im Volleyball – Stopp – im Handball – Stopp – Erdöl Stopp
Breshnew

Die DDR soll eingefroren werden. Warum? Damit sie sich bis zum 30. Jahrestag hält.

Honecker, bekannt als passionierter Jäger, wollte einen Rehbock erschießen. »Hab ich ihn getroffen?«, fragt er den begleitenden Leibwächter. »Genosse Staatsratsvorsitzender geruhten das Tier zu begnadigen.«

»Unser Fliegerkosmonaut Sigmund Jähn ist zum Direktor aller Kaufhäuser der DDR ernannt worden.«
»Wieso denn das?«
»Er kennt sich aus im leeren Raum.«

Nachdem es im letzten Winter aufgrund der Wetterlage viele Probleme gegeben hat, veranstaltet die Deutsche Reichsbahn einen Erfahrungsaustausch mit sowjetischen Eisenbahnern, die sich mit der Arbeit bei Temperaturen unter minus 20 Grad auskennen und trotzdem die Fahrpläne einhalten.
Das Ergebnis: Für die Strecke Berlin-Rostock gilt ab jetzt die Fahrzeit der Strecke Moskau-Wladiwostok.

Die Lehrerin zu den Schülern:
»Und nicht vergessen, heute Abend um 20 Uhr kann man die Mondfinsternis sehen.«
Meldet sich Fritzchen:
»Im Ost- oder im Westfernsehen?«

Worin unterscheiden sich eine Französin und eine DDR-Frau?
Links hat die Französin ihren Ehemann, rechts begleitet sie ihr Geliebter, hinter sich hat sie eine flotte Nacht und vor sich das nächste Rendezvous.
Die DDR-Frau hat links auch ihren Ehemann, rechts ihre drei Kinder, hinter sich hat sie die Nachtschicht und vor sich die nächste Qualifizierung.

Honecker will Urlaub machen und fragt Helmut Schmidt, ob er ihn nicht vertreten könne. Schmidt ist einverstanden und fragt, ob es Probleme gäbe, die er in dieser Zeit lösen könnte. Honecker nennt erstens das Versorgungsproblem, zweitens das Wohnungsproblem und drittens: »Es gehen immer noch zu viele SED-Genossen in die Kirche.« Nach drei Wochen kehrt Honecker zurück und fragt Schmidt: »Hast du meine Probleme lösen können?«
»Das war ganz leicht. Versorgungsproblem gelöst – Ostgrenze geschlossen. Wohnungsproblem gelöst – Westgrenze geöffnet.«
»Und das Kirchenproblem?« fragt Honecker erstaunt.
»Das war ganz leicht. Ich habe in allen Kirchen dein Bild aufhängen lassen, seitdem lässt sich da keiner mehr sehen.«

Was ist der Unterschied zwischen einem Kosmonauten und einem Ehemann?
Der Kosmonaut kennt sein Double.

Anfrage an den Sender Jerewan:
Ist die Rückkehr vom Mond wirklich so gefährlich?
Antwort:
Im Prinzip nein. Technisch ist das Problem gelöst.
Aber wie sollen wir unsere Kosmonauten zur Rückkehr überreden?

Ab 1978 kann Weihnachten in der DDR nicht mehr gefeiert werden: Josef ist zur Volksarmee eingezogen, Maria muss arbeiten, die Hirten stehen auf Friedenswacht und die drei Weisen sind kürzlich in den Westen getürmt ...

Familie Huber hat einen Papagei, der immer »Die Saukommunisten! Nieder mit der SED!« krächzt. Eines Tages kündigt eine SED-Lokalgröße ihren Besuch an. Die Hausfrau putzt die Wohnung blitzblank, aber wohin mit dem Papagei? Der landet im Tiefkühler. Der SED-Mann kommt, begutachtet die Wohnung, lobt die Familie und geht. Drei Stunden danach denkt die Hausfrau an den Papagei und holt ihn aus dem Tiefkühler. Da krächzt er nur noch
»Liebe Kommunisten! Nieder mit dem Kapitalismus!«
Die Hausfrau fragt erstaunt, warum er seine Meinung geändert habe, worauf der Papagei antwortet: »Drei Stunden Sibirien sind genug!«

„Die kannst Du auf die Baustelle fahren – ich nehme nur beste Qualität …"

Das Hotel Merkur in Leipzig wird von den Japanern gebaut. Gegenüber befindet sich eine Baustelle des volkseigenen Baukombinats. Jeden Morgen verbeugen sich die Japaner zu den deutschen Bauarbeitern. Dem Oberbauleiter wird das nach einigen Tagen unheimlich, er schickt den Bauleiter zu den Japanern, um die Gründe zu erfragen. Der kommt zurück mit der Nachricht: Die Japaner möchten sich entschuldigen, dass sie den Bummelstreik nicht mitmachen.

Initiative der Partei zur Werbung neuer Mitglieder anlässlich des bevorstehenden X. Parteitages: Wer einen neuen Genossen wirbt, bekommt eine Buchprämie, wer zwei wirbt, braucht ein Jahr lang keinenParteibeitrag zu bezahlen, wer fünf neue Genossen wirbt, darf aus der Partei austreten, und wer zehn wirbt, bekommt eine Bescheinigung, dass er nie in der Partei war.

Betriebsleiter Meier ruft wütend in der Plankommission an, weil wieder einmal eine Zuteilung westlicher Maschinen gestrichen wurde. Aus Versehen wird er direkt mit Günter Mittag verbunden.

»Sagt mal«, schreit er ins Telefon, «habt ihr Idioten jetzt völlig den Verstand verloren?«

»Wissen Sie, mit wem Sie sprechen?« fragt Mittag empört zurück.

»Nein und es ist mir auch absolut egal, wer Sie sind.«

»Ich bin Günter Mittag.«

»Ach so. Und wissen Sie, wer ich bin?«

»Nein, aber …«

»Gott sei Dank«, sagt Meier und legt auf.

Der Nationalfeiertag der DDR wird vom 7. Oktober auf den 8. Dezember verlegt.
Begründung:
Am 8.12.1979 gestalteten sich die meteorologischen Bedingungen so ungünstig, dass in der gesamten DDR Glatteis herrschte.
Mit andern Worten:
Dieser 8.12. war der einzige Tag, an dem in der DDR alles glattging.

Falls-Beutel
– falls es mal was gibt.

Warum heißt der Aal in der DDR »Dreifarbenfisch« ?
Grün wird er gefangen, braun wird er geräuchert und schwarz wird er verkauft.

Die DDR-Regierung hat beschlossen,
auf dem Brandenburger Tor statt der Quadriga
einen Trabi aufzustellen.
Sie möchte das Symbol des Krieges durch ein Symbol
des technologischen Fortschritts ersetzen.

**Ein älterer Herr steigt in Potsdam in den Bus
und zeigt dem Fahrer seine Monatskarte.
»Na hören Sie mal«, sagt der Fahrer,
»das ist doch eine Schülerkarte!«
Der Herr behält die Ruhe.
»Da sehen Sie mal, wie lange
ich auf den Bus gewartet habe.«**

1. Mai. Tausende Menschen ziehen mit Fahnen
und Transparenten an der Tribüne
des Politbüros vorüber. Günter Mittag weist
Honecker auf eine besonders originelle Lösung hin.
Da heißt es:
»Unsere Fischprodukte sind ein Beitrag
zur Bekämpfung des Imperialismus!«
Honecker nickt Mittag zustimmend zu und flüstert:
»Aber wie, Günter, bringen wir die Imperialisten dazu,
dieses Zeug zu fressen?«

Der Trabant ist sogar im Marxismus verankert!
Wie steht es im »Kapital«:
Es gibt Gebrauchswerte ohne Wert.

Worin zeigt sich, dass der Kommunismus dem Kapitalismus überlegen ist?
Ginge es im Kapitalismus so drunter und drüber, wäre er schon längst zugrunde gegangen.

Breshnew und Honecker unterhalten sich über die Probleme der Warenverteilung.
Breshnew sagt: »Die Verteilung der Waren erfolgt bei uns nach streng wissenschaftlichen Grundsätzen der Planwirtschaft: Zum Beispiel Gebiet Moskau 14 Prozent, Gebiet Leningrad 13 Prozent, Ural 10 Prozent usw.«
»Das ist bei uns einfacher«, antwortet Honecker, »wir schaffen alles nach Berlin, und von dort holt sich's jeder ab.«

Im Ausflugslokal: »Herr Ober, das soll ein halber Broiler sein?«
»Ja, mein Herr.«
»Dann bringen Sie mir bitte die andere Hälfte!«

Ein Mann sieht im Winter zwei Jungen mit einem Rodelschlitten.
»Was macht ihr?«
»Wir spielen deutsch-sowjetische Freundschaft.«
»Wie geht das denn?«
»Ganz einfach: Er schiebt mich den Berg hoch, und ich fahre hinunter.«

Eine Kundin fragt einen Lehrling im Kaufhaus nach Weißkohl.
»Ham wa nich!«
Das hört der Lehrausbilder.
»Du gehst da falsch ran. Wenn du nach Weißkohl gefragt wirst, sagst du, Weißkohl haben wir nicht, aber Rotkohl ist vorrätig.«
Am nächsten Tag ist der Lehrling in der Haushaltwarenabteilung. Kommt eine Kundin und fragt:
»Haben Sie Klopapier?«
»Nein«, sagt der Lehrling, »Klopapier haben wir nicht, aber Sandpapier ist vorrätig ...«

Ein Hase kommt in einen Gemüseladen und fragt:
»Hattu Möhrn?«
Darauf der Verkäufer: »Neee!«
Der Hase geht und kommt einen Tag später wieder.
Dieselbe Frage: »Hattu Möhrn?«
Und der Verkäufer wieder: »Neeee! Und lass dich hier nicht noch einmal blicken, sonst hänge ich dich an deinen Ohren auf!«
Der Hase geht und kommt einen Tag später wieder.
Dasselbe Spiel: »Hattu Möhrn?«
Der Verkäufer packt den Hasen und hängt ihn direk neben das Bild von Erich Honecker.
Der Hase dreht sich zu Honecker:
»Hattu auch nach Möhrn gefracht?«

Eine Frau kommt in den Laden.
»Haben Sie Waschmaschinen?«
»Nein, keine Waschmaschinen gibt es nebenan, hier gibt es nur keine Fahrräder.«

Ein Funktionär hält vor den Arbeitern der Leipziger Kirow-Werke eine Rede.
»Ständig geht es bei uns bergauf, Genossen! Bald wird jeder von euch einen Fernsehapparat haben, dann einen Kleinwagen und in wenigen Jahren sogar einen Hubschrauber!«
»Was soll ich mit einem Hubschrauber?«, ruft ein Arbeiter dazwischen.
»Ist doch klar, Genosse«, sagt der Funktionär. »Wenn es hier in Leipzig keine Rasierklingen gibt und du hörst, dass es in Rostock welche gibt, dann fliegst du eben schnell hin und stellst dich als Erster in die Schlange.«

Erich Honecker fragt einen Amerikaner, wie er die Neubauviertel findet.
Der meint: Ach, das ist alles nicht perfekt. Es fängt schon bei den Fahrstühlen an. Die Knöpfe sind so hoch angebracht – wenn ein Liliputaner in einem solchen Haus wohnt, kann er nie den Fahrstuhl benutzen.«
»Nicht doch«, sagt Honecker, »wir haben die größten Liliputaner der Welt.«

Ein Westdeutscher kommt zu Besuch in die DDR und trifft einen alten Schulfreund. Der berichtet:
»Ich bin mit meinem Leben eigentlich sehr zufrieden.
Ich bin jetzt Rentner und stolz auf meine erwachsenen Kinder.
Der Älteste ist Offizier bei der Nationalen Volksarmee, der zweite LPG-Vorsitzender, der dritte arbeitet als Parteisekretär in einem volkseigenen Betrieb, die Tochter ist sogar ›Verdiente Ärztin des Volkes‹ geworden.
Und mein Jüngster ist Dreher in Westberlin.«
Fragt der Westdeutsche:
»Warum ist denn dein Jüngster nicht auch in der DDR?«
»Das ist schon in Ordnung. Der schickt uns den Bohnenkaffee und alles, was es sonst bei uns nicht zu kaufen gibt.«

Zwei Cousins, der eine aus Köln, der andere aus Rostock, treffen sich.
Zum Abschied sagt der Kölner:
»Du schreibst, wie es dir geht und wie bei euch so die Lage ist.«
»Das wird schwer«, meint der Rostocker, »bei uns geht die Post durch die Zensur.«
»Macht nichts«, sagt der Kölner, »ist alles in Ordnung, schreibst du mit schwarzer Tinte, wenn es Probleme gibt, schreibst du dasselbe in Grün.«
Wochen später erhält der Kölner einen Brief, mit schwarzer Tinte geschrieben.
»Hier ist alles wunderbar. Unserem Land geht es immer besser.
Die Menschen sind glücklich, und man kann kaufen, was man will. Butter, Eier, Apfelsinen, Rinderfilet – nur leider keine grüne Tinte.«

Zwei Kollegen gehen in eine Kaufhalle, in der es gerade Bananen gibt. Sie reihen sich ein. Der eine von ihnen bittet um drei Pfund.
»Es gibt nur ein Pfund pro Kopf!«, raunzt die Verkäuferin.
»Gilt das auch für Nationalpreisträger?«, fragt der Kunde.
Die Verkäuferin packt drei Pfund ein.
Wieder draußen fragt sein Kollege erstaunt: »Hör mal, du bist doch gar kein Nationalpreisträger?«
»Nein, aber man wird doch mal fragen dürfen!«

Was macht ein Reisender aus der DDR, wenn er in der Wüste eine Schlange sieht?
Er stellt sich an.

Zwei Trabis sind zusammengestoßen: dreizehn Todesopfer!
Die beiden Fahrer starben auf der Stelle, elf weitere Bürger kamen beim Kampf um die Ersatzteile ums Leben.

»Genossen, es gibt kein Fleisch, wir bekommen keine Lieferung. Wie können wir das den Leuten klarmachen?«
»Nichts leichter als das«, sagt ein anderer Genosse und wendet sich an die schlangestehende Menge:
»Bürger, unsere Erfolge nehmen ständig zu. Der Sozialismus entwickelt sich so schnell, dass das Vieh nicht mehr mitkommt.«

Ein Mann betritt eine Eisenwarenhandlung.
Er fragt: »Ham Se Nägel?«
Der Verkäufer: »Nee.«
»Ham Se Schrauben?«
»Nee.«
»Ham Se wenigsten `n Schraubenzieher?«
»Nee.«
»Na was ham Se denn dann überhaupt?«
»Durchgehend geöffnet.«
»Und warum ham Se durchgehend geöffnet, wenn Se doch nischt verkoofen?«
»Weil wir kein Schloss haben.«

Warum hängt in Fleischerläden immer wenigstens eine Wurst am Haken?
Damit niemand nach Fliesen fragt.

Weißt du, warum Zitronen sauer sind? Sie sind die einzigen Südfrüchte, die in die DDR müssen.

Ein Bürger fragt im Gesundheitsministerium an, welche Gemüsesorten er für eine gesunde Lebensweise bevorzugen solle. Die Antwort lässt lange auf sich warten, doch sie kommt: Ihre Frage ist nicht einfach zu beantworten. Im vergangenen Jahr beispielsweise war Porree sehr bekömmlich. In diesem Jahr sollten sie Rotkohl bevorzugen. Für das nächste Jahr haben wir die Forschungen noch nicht abgeschlossen. Von Spargel raten wir generell ab.

**Hast du schon gehört? Ein Sportwagenmodell Trabant kommt auf den Markt!
Wie sieht denn der aus?
Mit Turnschuhen im Handschuhfach.**

Das Zentralkomitee diskutiert darüber, ob das Standbild Friedrichs II. wieder aufgestellt werden soll. »Ich bin dagegen«, sagt der Kulturminister, »seine historische Rolle ist umstritten. Er hat zwar in Preußen die Kartoffel anpflanzen lassen ...« »Genau«, unterbricht ihn der Minister für Versorgung, »und deswegen hab ich die Kartoffellieferung einstellen lassen, bis dieser Punkt geklärt ist.«

Ein Mann betritt einen Gemüseladen und verlangt drei Ananas. »Na hörn Se ma, Sie wissen wohl nicht, wo Sie hier sind!«, sagt die Verkäuferin. »Doch, weiß ich ganz genau. Ich war zwei Wochen auf der MS Arkona. Da gab es alles!« »Na und, hier sind Se nich auf der Arkona, sondern auf der Titanic!«

Das Centrum-Warenhaus am Berliner Ostbahnhof wurde renoviert, die Aufteilung des Angebots sieht jetzt so aus:
1. Etage: Intershop,
2. Etage: Exquisit und Delikat,
3. Etage: Ständige Fotoausstellung ›Obst und Gemüse‹.

Ein Mann ist in den Westen ausgereist.
Mit seinem ersten Westgeld geht er in einen Laden und verlangt eine Schachtel F6.
Die Verkäuferin sagt: »Ham wa nich.«
Daraufhin der Mann:
»O Gott, geht das schon wieder los!«

Ein Kunde beim RFT-Dienst fragt:
»Lohnt es noch, diesen zehn Jahre alten Fernseher zu reparieren?«
»Ja, aber das Programm wird davon auch nicht besser.«

Ein Mütterchen beobachtet einen Offizier mit einem Gewehr.
»Sag, Söhnchen, warum trägst du ein Gewehr?«
»Das ist kein Gewehr, das ist ein Sportgerät.«
»Ach so«, sagt das Mütterchen, »dann kannst du mir sicher auch sagen, wann die Olympiade in Afghanistan vorbei ist.«

Auf dem Alexanderplatz gibt es jetzt
einen Bananenautomaten.
Wenn man oben eine Banane reinsteckt,
kommen unten 2 Mark raus.

**Ein Spatz überfliegt die DDR.
»O, ein prima Land«, zwitschert er,
»überall der Wurm drin.«**

Es ist gelungen, Karl Marx wieder zum Leben zu erwecken. Man will ihm Gelegenheit zu einer halbstündigen Fernsehansprache geben. Er sitzt im Studio und bereitet seine Rede vor. Da kommt der Redakteur Außenpolitik zu ihm und sagt: »Tut mir leid, wir müssen die Sendezeit halbieren – eine Freundschaftsdelegation aus der Sowjetunion ist soeben zurückgekehrt.«
»Gut« , sagt Marx und kürzt seinen Text.
»Es tut mir leid«, sagt der Redakteur Wirtschaft, »ein Erntebericht muss gesendet werden, wir müssen die Zeit noch einmal halbieren.«
»Gut«, sagt Marx und kürzt seinen Text. Da kommt der Sportredakteur und sagt: »Tut mir leid. Die Übertragung des Fußballspiels beginnt gleich. Sie können nur eine Minute Sendezeit kriegen.«
»Gut« , meint Marx, tritt vor die Kamera und sagt: »Proletarier aller Länder«, er blickt auf die Armbanduhr, »entschuldigt mich.«

Der Mannschaftsarzt vom BFC Dynamo zum Thema Doping im Fußball:
»Doping im Fußball bringt mir gar nichts!«
Darauf Dynamo-Vorsitzender Erich Mielke:
»Genau, das Zeug muss in die Spieler!«

Welches sind die drei kleinsten Bücher der Welt?
Das polnische Kochbuch,
das rumänische Artbeisrechtsbuch
und der Reiseatlas der DDR.

An die Tür des Weißen Hauses in Washington klopft ein kleines Teufelchen. Die Tür wird geöffnet.
»Ich bin das kleine Teufelchen mit dem kleinen goldenen Eimerchen, ich will hier klauen!«
»Hau bloß ab, sonst kommst du nach Sing Sing!« Tür zu.
Das Teufelchen geht nach Bonn.
»Ich bin das kleine Teufelchen mit dem kleinen goldenen Eimerchen, ich will hier klauen!«
»Verschwinde, sonst wird dich der Verfassungsschutz in die Mangel nehmen!« Tür zu.
Schließlich kommt das Teufelchen nach Berlin und klopft an die Tür des Staatsratsgebäudes.
»Ich bin das kleine Teufelchen –
nanu, wo ist denn mein kleines goldenes Eimerchen?«

Was ist Misstrauen?
Wenn ein DDR-Grenzer an der Grenze zu Polen
die aus der Sowjetunion kommenden Erdölleitungen anbohrt,
um nachzuschauen, in welche Richtung das Öl fließt!

Ein klapperdürrer polnischer Schäferhund und ein vollgefressener DDR-Mops treffen sich auf der Brücke der Freundschaft in Frankfurt/Oder. »Wo willst du hin?«, fragt der Dicke. Der andere antwortet: »In die DDR. Mal wieder richtig was fressen! Und was willst du in Polen?« »Mal wieder richtig bellen.«

Kennen Sie den Unterschied zwischen
der sozialistischen Kaderpolitik und der
Champignon-Zucht?
Es gibt keinen.
Sobald sich ein helles
Köpfchen zeigt, wird es abgeschnitten.

Honecker, Stoph und Mittag treffen sich auf einer Waldlichtung in der Schorfheide und wetteifern darum, wer von ihnen der beste Jäger sei. Mittag reißt die Flinte hoch und ballert wie wild los. Sein Hund schleppt ein Kaninchen an, dem das Fell bereits abgezogen ist. Stoph schießt ziellos in die Baumwipfel. Sein Hund bringt einen küchenfertigen Fasan. Darauf drückt Honecker gelangweilt ab. Sein Hund rennt in die entgegengesetzte Richtung und kommt mit einem Zettel in der Schnauze zurück. Darauf steht: »1 Hirsch, 2 Wildschweine, 4 Hasen, 5 Fasane. gez. Mielke.«

Auf der Autobahn wird ein Auto von Polizisten angehalten. »Herzlichen Glückwunsch, Sie sind er 1000ste Benutzer dieser Autobahn und haben soeben 1000 Mark gewonnen. Was machen Sie jetzt damit?« »Tja«, sagt der Mann am Steuer, »Ich werde damit erst mal meinen Führerschein machen.« »Glauben Sie ihm kein Wort«, sagt die Frau neben ihm, »er ist völlig besoffen!« Schreit die schwerhörige Oma auf dem Rücksitz: »Wusste ich's doch, dass wir mit dem geklauten Auto nicht weit kommen.« In diesem Moment meldet sich der Opa aus dem Kofferraum: »Sind wir schon im Westen?«

Im Unterricht wird das Thema Energiesparen behandelt. Fritzchen zählt auf, welche Energiesparmaßnahmen zu Hause getroffen worden sind. »Heizofen, Kühlschrank auf schwach gestellt, im Korridor kein Licht, im Wohnzimmer eine 15-Watt-Birne, nur das Westfernsehen läuft Tag und Nacht auf vollen Touren. Die sollen doch sehen, wie sie mit ihrem Energieproblem fertig werden!«

Die 10 großen A der sozialistischen Leitungstätigkeit:
Alle
Anfallenden
Arbeiten
Auf
Andere
Abschieben
Anschließend
Anscheißen
Aber
Anständig!

Stehen zwei DDR-Bürger an der Straße. Der eine hat fünf Kinder und der andere einen kaputten Fahrradmantel. Was denken die beiden? Scheiß DDR-Gummi!

Wann werden die USA sozialistisch? Wenn der Präsident nicht mehr Ford, sondern Trabant heißt.

Wissenschaftlich-technischer Fortschritt

Warum ist in der DDR der Rosenkohl neuerdings so knapp?
Er wird nach Polen exportiert.
Dort verkauft man ihn als Kohlrouladen.

Anfang der achtziger Jahre berät das Politbüro über die Einführung eines neuen Staatswappens, das dem fortgeschrittenen realen Sozialismus angepasst sein so
Günter Mittag schlägt als Symbolfigur ein Känguru vor.
»Es macht auch mit leerem Beutel große Sprünge!«
Erich Mielke besteht auf einem U-Boot.
»Das ist überall, aber man sieht es nicht!«
Joachim Herrmann fordert ein Nilpferd.
»Es steht bis zum Hals im Wasser und hat dennoch ein großes Maul.«
Erich Honecker bringt es auf den Punkt:
»Peperoni. Rot, klein, aber scharf!«

Zwei Frauen an der Straßenbahnhaltestelle unterhalten sich.
»Weißt du«, fragt die eine, »warum die neue Straßenbahn Parteisekretär heißt?«
»Nein.«
Daraufhin die erste:
»Das ist ganz einfach: Außen rot, innen hohl und sie hat nur zwei Anhänger.«

Jetzt können DDR-Bürger wieder nach Polen reisen.
Damit sie sehen können, wie es uns in der DDR im kommenden Jahr gehen wird.

Am 7. Oktober war die DDR immer ein Zwei-Klassen-Staat:
Es gab die Klasse der Ausgezeichneten und die der Beleidigten.

Zwei Jäger streifen durchs Unterholz.
Plötzlich sehen sie eine Silhouette und der eine schießt.
Dann rennen sie los, um nachzuschauen, ob der Schütze etwas getroffen hat. Und tatsächlich, aber, o Schreck, es ist ein Mensch. Beide stehen ratlos vor dem Toten.
Was machen wir jetzt, fragen sich die beiden.
Der eine schlägt vor, nach den Papieren zu suchen, um die Identität festzustellen. Der Schütze sucht den Toten ab, findet eine Brieftasche, öffnet sie und findet den Ausweis eines Bürgers der BRD. Neben dem Ausweis sind noch 200 Mark West in der Brieftasche.
Er nimmt das Geld, steckt es ein und legt die Brieftasche zurück zu dem Toten.
Der zweite Jäger meint:
»Los machen wir halbe – halbe.«
Darauf entgegnet der andere:
»Nichts gibt s, wenn Du Westgeld brauchst, dann schieß dir selbst einen.«

Ein Offizier kommt aufgeregt zu Breshnew:
»Genosse Generalsekretär. Auf dem Roten Platz sind mindestens hunderttausend Leute!«
»Ja, und? Das sind Touristen.«
»Genosse Generalsekretär, sie sitzen alle auf dem Boden!«
»Sie wollen sich wahrscheinlich ausruhn.«
»Genosse Generalsekretär, sie habe alle ihr Essen ausgepackt!«
»Sie werden Hunger haben, was ist daran so schlimm?«
»Nichts, Genosse Generalsekretär, aber sie essen mit Stäbchen.«

Bei einem internationalen Leichtathletik-Sportfest wirft ein amerikanischer Hüne den Hammer 84,23 Meter weit. Weltrekord!
Die Reporter fragen ihn:
»Sagen Sie, worauf führen Sie diesen Erfolg zurück?«
»Auf mein College. Dort bin ich ausgebildet und trainiert worden. Ich liebe mein College und schenke ihm diesen Sieg.«
Der russische Konkurrent wirft seinen Hammer 85,26 Meter weit. Weltrekord!
Wieder fragen die Reporter: »Wie haben Sie das geschafft?«
»Ich liebe die ruhmreiche Sowjetunion«, sagt der Russe.
»Ich habe nur an mein Land gedacht. Ihm verdanke ich alles.«
Es tritt ein Sportler aus der DDR an, der schleudert seinen Hammer 87 Meter weit.
Neuer Weltrekord! Die Reporter eilen herbei: »Weltrekord! Worauf führen Sie das zurück?«
»Auf meinen Vater« , sagt der Sieger.
»Wieso auf Ihren Vater?«
»Als ich noch ganz klein war, hat mein Vater zu mir gesagt: ›Wenn dir jemals einer einen Hammer in die Hand drückt, mein Junge, wirf ihn soweit weg wie möglich‹«

Lieber Brust an Brust mit der Sekretärin
als Schulter an Schulter mit dem Parteisekretär.

**Lieber die Verkäuferin vögeln,
als den Bedarf der Bevölkerung decken.**

Lieber rückwärts in die Kneipe
als vorwärts im sozialistischen
Wettbewerb.

Lieber zweifelhaft als Einzelhaft.

Lieber 'ne Blaue Mauritius als 'ne Rosa Luxemburg.

Lieber kariert in Schottland
als gestreift in Bautzen.

Lieber die Welt anschauen als eine
Weltanschauung haben.

Lieber 'n Blauen in der Tasche als 'n
Roten in der Familie.

Lieber kurz und schmerzlos
als Erich währt am längsten.

DDR

Lieber im Westen Trübsal blasen,
als im Osten flöten gehn.

Lieber weiche Knie als einen
festen Klassenstandpunkt.

Lieber zu Honecker gestanden
als bei Mielke gesessen.

Lieber vom Leben gezeichnet als
von Sitte gemalt.

Die typischen Merkmale der DDR-Wirtschaft? Wachstums-Schwierigkeiten und wachsende Schwierigkeiten!

Lieber rückwärts in den Intershop
als vorwärts zum X. Parteitag.

Erich Honecker besucht eine Nervenheilanstalt. Gut einstudiert brüllen die Schwachsinnigen: »Es lebe unser geliebter Staatsratsvorsitzender!« Nur der Aufseher schweigt. Als einer der Leibwächter Honeckers ihn deswegen anspricht, meint er: »Entschuldigen Sie bitte, ich gehöre nicht zu den Verrückten!«

Warum gibt es in der DDR keine staatliche Familienplanung? Die Produktionsmittel liegen in privater Hand.

Warum reiste Breshnew in der letzten Phase seiner Amtszeit nicht mehr zu Staatsbesuchen ins Ausland? Weil sein japanischer Herzschrittmacher kaputt war, und ein russischer nicht ins Flugzeug passte!

X.
2000
1990
1980
1976

Vom X. zum XI. Parteitag

1981–1986

11.–16. April 1981: X. Parteitag der SED +++ Mai 1981: Honecker auf Staatsbesuch in Japan +++ Oktober 1981: Feierliche Eröffnung des neuerbauten Gewandhauses in Leipzig +++ Dezember 1981: Honecker und Bundeskanzler Schmidt treffen sich am Werbellinsee +++ Januar 1982: Rock für den Frieden im Palast der Republik +++ März 1982: Honecker empfängt Yassir Arafat mit den Ehren eines Staatsoberhaupts +++ Juni 1982: Vereinbarung mit der BRD über einen Überziehungskredit +++ November 1982: Leonid Breshnew stirbt +++ Dezember 1982: Gesetz über den Volkswirtschaftplan 1983 beschließt Ausbau der Braunkohlenutzung April 1983: Anlässlich des 100. Todestages von Karl Marx findet eine internationale wissenschaftliche Konferenz statt +++ April 1983: Die rekonstruierte Wartburg wird wiedereröffnet +++ Juni 1983: Juri Andropow wird Generalsekretär der KPdSU +++ Februar 1984: Nach Andropows Tod wird Konstantin Tschernenko KPdSU-Vorsitzender +++ Februar 1984: Honecker übergibt die 2millionste Neubauwohnung +++ März 1984: Die letzten sechs von zeitweilig 168 DDR-Bürgern verlassen die BRD-Botschaft in Prag, auch eine Nichte von Willi Stoph ist darunter, die nach Gießen ausreist +++ Juni 1984: Egon Krenz und Günter Mittag werden stellvertretende Staatsratsvorsitzende +++ Februar 1985: Das Ministerium für Staatssicherheit wird für »vorbildliche Pflichterfüllung im Interesse des ganzen werktätigen Volkes« mit dem Karl-Marx-Orden ausgezeichnet +++ Februar 1985: In Radebeul eröffnet die Gedenkstätte für Karl May +++ März 1985: Konstantin Tschernenko stirbt. Bundeskanzler Kohl und Honecker treffen in Moskau am Rande der Trauerfeierlichkeiten zusammen +++ März 1985: Michail Gorbatschow wird neuer Generalsekretär der KPdSU +++ April 1985: Honecker besucht erstmals ein NATO-Land, Italien, und hat eine Audienz beim Papst +++ Mai 1985: Gorbatschow erlässt einen Maßnahmenkatalog zum Kampf gegen Alkoholismus +++ Juni 1985: Auf der Glienicker Brücke werden 25 Westagenten gegen vier Ostagenten ausgetauscht +++ September 1985: Am Rande der Leipziger Herbstmesse treffen sich Honecker und der bayrische Ministerpräsident Franz Josef Strauß +++ Oktober 1985: In Eisenach läuft der einmillionste Wartburg 353 vom Band +++ November 1985: Die DDR-Regierung verkündet, alle Selbstschussanlagen und Bodenminen an der deutsch-deutschen Grenzen sind abgebaut +++ Januar 1986: Honecker empfängt Vertreter des US-Repräsentantenhauses +++ Februar 1986: Die DDR erweitert die Reisemöglichkeiten in dringenden Familienangelegenheiten +++ April 1986: Einweihung des Marx-Engels-Forums in Berlin

»Stimmt es, dass im Zentralkomitee
auf allen Fluren Zebrastreifen
angebracht wurden?«
»Ja, damit die Radfahrer
die Kriecher nicht überfahren.«

Anzeige in der Schweriner Volkszeitung:
Suche Auspuffanlage für Trabant,
biete Oma in Düsseldorf.

»Hemden?« sagte die HO-Verkäuferin,
»bedauere sehr, Hemden sind ausgegangen.«
»Eingegangen«, verbessert der Kunde.
»Ich habe vorige Woche ein Hemd bei Ihnen
gekauft, das in der Wäsche eingegangen ist.
Meine Frau hat versucht, es wiederzufinden.
Half nichts, es war weg!«

Sozialistische Disziplin:
Jeder macht, was er will;
keiner macht,
was er soll;
alle machen mit.

Reagan, Breshnew und Honecker fliegen im Flugzeug über dem Dschungel. Das Flugzeug stürzt ab und sie werden von einer Horde Kannibalen gefangen genommen. Der Häuptling: »Nennt mir das Land aus dem ihr kommt, und wenn wir es kennen, landet ihr nicht im Kochtopf.«
Reagan: »Ich komme aus den USA!« Häuptling: »USA? Kennen wir nicht, ab in den Kochtopf!
Breshnew: »Ich komme aus der UdSSR!«
Häuptling: »UdSSR? Kennen wir nicht, ab in den Kochtopf!«
Honecker hat schon mit dem Leben abgeschlossen und sagt kleinlaut: »Ich komme aus der DDR.«
Darauf geht ein Jubelschrei durch den ganzen Stamm.
Die Kannibalen beginnen wild zu tanzen und stoßen schrille Freudenrufe aus. Honecker fragt den Häuptling, woher er denn die DDR kenne.
Darauf der Häuptling: »Na, da haben wir doch studiert.«

Warum hat die DDR Karl May rehabilitiert?
Sie will die Liebe zu den Roten Brüdern wecken.

Ist es wahr, dass man jetzt über Prag legal ausreisen darf?
Mitnichten, mitnichten.

Zwei Redakteure des DDR-Fernsehens unterhalten sich.
»Was meinst du«, fragt der eine,
»ob die in Polen auch 3sat bekommen?«
»Nee«, antwortet der andere,
»die bekommen ja nicht mal einen satt.«

Reagan, Breshnew und Honecker fragen den lieben Gott, was im Jahr 2000 sein wird. Zu Reagan sagt der liebe Gott: »Im Jahre 2000 werden die USA kommunistisch sein.« Da wendet sich Reagan ab und weint ganz bitterlich. »Und was wird mit der Sowjetunion?«, fragt Breshnew. »Die Sowjetunion«, sagt der liebe Gott, »wird aufgesogen vom Großchinesichen Reich.« Da wendet sich Breshnew ab und weint ganz bitterlich. »Und wo steht die DDR im Jahre 2000?« fragt Honecker. Da wendet sich der liebe Gott ab und weint ganz bitterlich.

An der Mauer soll jetzt die gesamte Minentechnik geräumt werden. Sie wird ersetzt durch Pilze. Warum?

Die schießen von allein.

Ein Reporter fragt im VEB, wie man die Jahresendprämie verwendet hat. Der Betriebsdirektor antwortet: »Ich habe mir einen Wartburg gekauft, den Rest habe ich auf mein Konto eingezahlt.« Die Arbeiterin sagt: »Ich habe mir einen schönen Pullover im Exquisit gekauft.« Der Reporter fragt: »Und den Rest?« »Den hat meine Omi dazugegeben.«

Warum konnten sich Sexshops in der DDR nicht durchsetzen? Weil Trabifahren besser wirkt als jeder Vibrator.

Stalin fährt mit der Transsibirischen Eisenbahn.
Als sie ihm zu langsam fährt, gibt er Befehl,
den Maschinisten und alle Verantwortlichen zu erschießen.
Chruschtschow fährt mit der Transsib.
Als er merkt, wie gering die Geschwindigkeit ist,
gibt er Befehl, den Maschinisten, alle Verantwortlichen
und das ganze Personal mit den höchsten Orden auszuzeichnen.
Breshnew fährt mit der Transsib.
Als er merkt, dass der Zug sich nicht vom Fleck rührt, sagt er:
»Lasst uns die Fenster verdunkeln! Stellen wir uns vor,
wir fahren mit Höchstgeschwindigkeit!«

Reagan, Breschnew und Honecker gehen spazieren und kommen an einen Sumpf, in den man umso tiefer einsinkt, je mehr man im Leben gelogen hat.
Als erster geht Reagan los und sinkt bis zum Bauch ein.
Dann versucht es Breschnew und versinkt bis zum Hals.
Als letzter geht Honecker hinein und versinkt nur bis zu den Knien.
Erstaunt fragen die beiden anderen:
»Sag mal Erich, warst Du denn wirklich immer so ehrlich?«
Darauf der:
»Nein, aber ich steh' auf den Schultern vom Schnitzler.«

Das Beste zum X. Parteitag –
der Rest zum Wohle des Volkes.

Ein Polizist besucht mit seiner Frau ein Gewandhauskonzert.
»Hier ist aber eine gute Akustik«, sagt die Frau.
Darauf der Polizist: »Ich weiß nicht, ich rieche nichts.«

Was macht ein Aal in der Saale?
Es lernt Chemiefacharbeiter.

„Nein, nein, Herr Förster, das ist nur meine singende Säge …"

Ein Verkehrspolizist winkt ein Auto an den Straßenrand.
Er grüßt höflich und fragt:
»Guten Tag, haben Sie Restalkohol?«
Der Fahrer kopfschüttelnd:
»Na, na! Müsst ihr denn immer betteln?«

Auf dem Neujahrsempfang der Diplomaten preist Erich die Bedeutung der wichtigsten Städte der DDR.
Berlin – die deutsche Hauptstadt
Leipzig – die international wichtigste Messestadt
Dresden – unsere Heldenstadt
»Wieso das?«, fragt ein Reporter, »Dresden ist doch die Kunststadt.«
»Das stimmt schon«, meint Erich,»aber auch Heldenstadt.
Wir haben sie schon so viele Jahre von der Versorgung abgeschnitten, und die Leute leben immer noch.«

Anfrage an den Sender Jerewan:
Hat Karl Marx möglicherweise doch Fehler gemacht?
Im Prinzip nein.
Allerdings hat er sein Testament schlecht abgefasst.
Dem Osten hat er sein Kommunistisches Manifest vermacht, dem Westen sein Kapital.

Im VEB Robotron werden Mitarbeiter gesucht. Der Kaderleiter fragt den ersten Bewerber, ob er bis zehn zählen könne.
»Selbstverständlich, 10, 9, 8, 7, 6, 5, 4, 3, 2, 1, 0!«
»Schön und gut, aber können Sie das auch andersherum, von 1 bis 10?«
»Nein, ich habe im Sternenstädtchen gearbeitet, da haben wir immer so gezählt.«
Der Mann ist nicht geeignet, der Kaderleiter bittet den nächsten. Der antwortet auf die Frage: »Ja, 1, 3, 5, 7, 9, 10, 8, 6, 4, 2!«
»Aber können Sie nicht wie jeder von 1 bis 10 zählen?«
»Nein, ich war bei der Post, da haben wir die ungeraden Hausnummern in die eine Richtung gezählt und die geraden auf dem Rückweg ...«
Auch dieser Mann ist nicht geeignet.
Der Kaderleiter fragt den dritten Bewerber.
Der sagt: »Natürlich: 1, 2, 3, 4, 5, 6, 7, 8, 9, 10.«
»Fantastisch, wo haben Sie denn vorher gearbeitet?«
»Bei der Reichsbahn.«
»Sehr gut, da könne Sie auch weiter als bis 10 zählen?«
»Na sicher: Bube, Dame, König, As!«

Im Himmel hat der Sozialismus gesiegt. Eines Tages klopft ein alter Herr an die Himmelspforte und bittet um Einlass. Kaderleiter Petrus stellt dem Neuankömmling einige prüfende Fragen, zuerst zum Klassenstandpunkt; sie werden zur Zufriedenheit beantwortet.
Dann folgen Fragen zur sozialen Herkunft.
»Was war dein Vater?«
»Anwalt.«
Petrus runzelt die Stirn. »Und deine Mutter?«
»Tochter eines Kaufmanns.«
»Und deine Frau?«
»Adlige.«
»Verflixt ungünstig. Und was hast du selbst so gemacht?«
»Einige Bücher geschrieben.«
Petrus ist skeptisch.
»Kein Prolet, bürgerlicher Herkunft, dazu eine adlige Frau! Es wird schwer, dich hier aufzunehmen. Aber vielleicht klappt es ja, ich notiere vorsichtshalber mal. Wie ist dein Name?«
»Karl Marx.«

„Für eine Hochzeitsnacht ist so ein Dachcamping anscheinend ungeeignet!"

Karl Marx hat die Existenz zweier deutscher Staaten vorausgesehen. Der Bundesrepublik hat er »Das Kapital« vermacht, der DDR »Das Elend der Philosophie«.

Ein Polizist hält einen Trabifahrer an und stutzt: »Bürger, Sie haben ja gar kein Tachometer? Wie wollen Sie denn da die Geschwindigkeitsbegrenzungen einhalten?« Der Fahrer kontert: »Genosse Volkspolizist, das geht auch ohne Tacho. Wenn ich 20 fahre, vibriert die Windschutzscheibe, bei 30 wackeln die Sitze, bei 50 scheppern die Türen und bei 80 Sachen klappern meine Zähne.«

Zwei Polizisten laufen Streife. »Da kann ich dir endlich einmal zeigen, wo ich wohne«, sagt der eine. »Schau mal, in dem Block rechts, 2. Etage links, das ist unsere Wohnung, und die Frau, die dort aus dem Fenster schaut, das ist meine Frau.« Als sie am Block vorbeilaufen, tritt ein Mann neben die Frau. »... und guck mal, der Mann dort oben, das bin ich.«

Kennen Sie den Unterschied zwischen einem Trabi und einem Düsenjäger?
Den Düsenjäger sieht man, bevor man ihn hört.
Den Trabi hört man zuerst.

Familie Meier hat einen Urlaubsplatz erhalten. Im FDGB-Heim angekommen, müssen sie feststellen, dass das Heim kaum Komfort bietet. Herr Meier geht zum Heimleiter und fragt, ob es möglich sei, wenigstens ein Zimmer mit fließendem Wasser zu bekommen. »Wieso?«, fragt ihn dieser. »Wollen Sie vielleicht angeln?«

»Ist das hier richtig?« erkundigt sich der Klempner, »bei Ihnen soll der Wasserhahn defekt sein?« »Bei uns ist alles in Ordnung«, antwortet die Hausfrau. »Merkwürdig, wohnt hier nicht Familie Schulze?« »Schulze? Das ist ja schon ein halbes Jahr her, dass die ausgezogen sind.« »Typisch«, entgegnet der Klempner. »Erst die Handwerker bestellen, und dann Hals über Kopf ausziehen.«

Frage:
Wie erreichen wir,
dass alle pünktlich bei der Arbeit sind?
Antwort:
Der Letzte, der kommt,
muss zum Arbeitsbeginn klingeln.

**Was ist die Höchststrafe
in der DDR?
Drei Jahre ohne Beziehungen.**

Der Betriebsarzt in einem VEB hat Sprechstunde.
Die erste Patientin ist hochschwanger.
»Wann ist es den soweit?«,fragt der Arzt.
»Am Dienstag in 14 Tagen«, antwortet die Frau.
Auch die nächste Patientin ist schwanger.
Auf die Frage, wann mit ihrer Niederkunft zu rechnen ist,
gibt sie die gleiche Antwort: »Am Dienstag in 14 Tagen.«
Und schließlich bekommt er von der dritten Patientin erneut
diese Auskunft. Als er eine vierte Schwangere befragt,
bekommt er zu hören: »Am Freitag in drei Wochen.«
Der Arzt: »Merkwürdig, bisher waren nur schwangere Frauen hier,
die mit ihrer Niederkunft am Dienstag, dem 14. rechnen.«
Die Frau: »Das kann ich ihnen erklären, Herr Doktor.
Ich war bei dem Betriebsausflug nicht dabei.«

Nach 5 Arbeitsmethoden wurde in der DDR gearbeitet:
Montags nach der Robinson-Crusoe-Methode: Warten auf den Freitag.
Dienstags nach der Heidekraut-Methode: Heide graut mir's aber widder.
Mittwochs nach der Heinrich-Heine-Methode: Ich weiß nicht, was soll es bedeuten.
Donnerstags nach der Mietzekatzen-Methode: Pfoten auf den Tisch und warten auf die Mäuse.
Freitags nach der Bassow-Methode: Baß uff, dass de den Feierahmd nich verpasst.

Beratung im Politbüro, wie der Wert der Mark der DDR gehoben werden kann.
1. Vorschlag: Ein Loch reinbohren und mit Gold füllen.
2. Vorschlag: Zwei Löcher reinbohren und mit Gold füllen.
3. Vorschlag: Drei Löcher reinbohren und mit Silber füllen.
Da meldet sich der Leiter der Staatlichen Plankommission: »Wir bohren vier Löcher in die Mark und verkaufen sie als Knopf für 1,60 Mark.«

Warum gibt es in der DDR keine Bankräuber?
Weil man 10 Jahre auf einen Fluchtwagen warten muss.

Ein ausländischer Besucher fragt: »Wie ist denn das Verhältnis zwischen Arbeitern und Betriebsleitung bei euch?« »Gut, die oben tun so, als ob sie uns bezahlen, und wir tun so, als ob wir arbeiten.«

Klaus, der kleine Sohn von Parteisekretär Lehmann, sitzt unterm Tisch und ahmt Motorengeräusche nach.
»Was machst du denn da?«, fragt die Mutter.
»Ich fahre mit meinem Mercedes«, sagt Klaus.
»Was fällt dir ein«, schimpft die Mutter, »weder in der DDR noch in einem anderen sozialistischen Land wird so ein Auto produziert!«
»Leider nicht«, sagt Klaus, »aber wenn ich mir schon ein Auto ausdenken muss, werde ich mir doch keins aus der volkseigenen Produktion vorstellen!«

Zwei benachbarte Arbeitskollegen haben sich abgesprochen, die Schicht am kommenden Morgen zu schwänzen. Früh sieht jedoch der eine am Fenster, wie der andere zur Arbeit geht. Als er ihn zur Rede stellt, sie hätten es doch anders ausgemacht, sagt der andere: »Ich will ja nicht arbeiten gehen, ich will nur Bescheid sagen, dass wir nicht kommen.«

Frühstückspause im Politbüro.
Alle packen ihre Stullen aus.
»Hast du etwa wieder Räucherlachs auf der Stulle?« fragt Mittag Sindermann.
»Nur ungarische Salami. Und du?«
»Ich habe Leberwurst aus eigener Produktion", sagt Mittag.
»Ich muss doch mal sehen, was Erich drauf hat«, meint Sindermann. Er kommt mit betretenem Gesicht zurück.
»Erich ist uns schon wieder um zwei Jahre voraus«, erklärt er, »nur trocken Brot.«

Silvesterfeier 1981.
Leonid Breshnew, Margret Thatcher, Helmut Kohl und Erich Honecker treffen sich zum Pfänderspiel. Jeder muss zur Einführung ein Kleidungsstück ablegen und an seinem Körper ein nationales Symbol vorzeigen.
Breschnew knöpft sich das Hemd auf, zeigt seine behaarte Brust und sagt: Das ist der russische Bär.
Thatcher streift die Bluse ab und sagt: Hier seht ihr zwei schöne britische Pfund.
Kohl erhebt sich, dreht sich um, lässt die Hose herunter und sagt: Dies ist das geteilte Deutschland.
Honecker erhebt sich ebenfalls, lässt ebenfalls die Hose herunter, allerdings ohne sich umzudrehen.
Und sagt: Und das ist die Grenzschranke.
Die bleibt auch 1982 unten.

Margot Honecker sieht fern.
Plötzlich ruft sie Erich in der Küche zu:
»Erich, Erich, komm schnell, die Mathieu singt!«
»Wieso? Ist das ein Schiff von uns?«

Warum ist die Banane krumm?
Weil sie immer einen Bogen um die DDR macht.

Erich Honecker will nach Australien,
um die Technik des Kängurus zu studieren.
Warum?
Um zu sehen, wie man mit leerem Beutel
große Sprünge machen kann.

Frage:
Warum lässt die DDR in letzter Zeit so viele ihrer Bürger ausreisen?
Antwort:
Damit wir den 35. Jahrestag der DDR wirklich im engsten Kreise begehen können.

Man nimmt das Lutherjahr 1983
zum Anlass, den Trabi in »Luther«
umzubenennen.
Schließlich sagt Luther: »Hier stehe ich
– ich kann nicht anders.«

Frage:
Was ist der Unterschied zwischen Polens Ministerpräsidenten Wojciech Jaruselzki und Frankreichs Präsidenten Mitterrand?
Antwort:
Mitterand weiß wenigstens präzise, dass er drei Kommunisten in der Regierung hat.

Ein Genosse kommt in die Hölle und trifft auf einen anderen.
»Ach« , sagt der, »hier ist es ganz gemütlich, seit der Sozialismus Einzug gehalten hat.
Heute gibt's kein Pech, morgen keinen Schwefel und übermorgen kein Holz und keine Kohlen oder es fehlen die Streichhölzer.
Und wenn mal alles da ist, muss ausgerechnet der Heizer auf Parteischulung.«

Zwei Männer ziehen die Straße entlang, der eine gräbt ein Loch, der andere buddelt es wieder zu.
»Was machen sie denn da?«, fragt ein verwunderter Passant.
»Wir sind vom Gartenamt und pflanzen Bäume.«
»Ich seh nur, dass der erste ein Loch gräbt und der zweite es zuschüttet.«
»Falsch, der dritte schüttet es zu. Der zweite, der die Bäume setzt, ist krank.«

Chef zur Sekretärin: »Tut mir leid, im Bericht muss überall ich durch wir ersetzt werden.«
Die Sekretärin zuckt zusammen: »Wieso denn das?«
»Weil der Betrieb den Plan nun doch nicht erfüllt.«

Der neue sowjetische Parteichef Tschernenko will sich im Politbüro Autorität verschaffen und hält eine scharfe Rede gegen Disziplinlosigkeit. Fragt ihn ein Genosse, wer denn Anlass zu solcher Rüge gegeben habe.
Sagt Tschernenko: »Ja, hast du gar nicht mitbekommen, dass Breshnew und Andropow schon monatelang unentschuldigt fehlen?«

Ein Parteifunktionär lässt sich von einem japanischen Manager die Motivation für das hohe Arbeitsethos der Japaner erläutern.
»Die Japaner arbeiten drei Stunden für den Kaiser, drei Stunden für Japan und drei Stunden für sich.«
Der Parteifunktionär erleichtert:
»Genau wie bei uns in der DDR, nur haben wir keinen Kaiser, und Japan geht uns nichts an.«

Ein junger Mann des Staatssicherheitsdienstes erhält seinen ersten Probeauftrag. In eine hohe Funktionärsversammlung soll sich ein westlicher Spion eingeschlichen haben. Das Referat Honeckers dauert zwei, drei, vier Stunden. Plötzlich springt der junge DDR-Geheimdienstler auf und stürzt sich auf einen Mann – der dann auch zugibt, der gesuchte Spion zu sein. Staatssicherheitsdienstminister Mielke gratuliert und fragt erstaunt nach der Methode.
»Ich dachte an das bekannte Lenin-Wort:
Der Klassenfeind schläft nie!«

Anfrage an den Sender Jerewan:
Stimmt es, dass beim Besuch der DDR-Delegation in Rom ein Konkordat mit dem Papst ausgehandelt wurde?
Antwort:
Im Prinzip ja, es wird aber noch über den ersten Satz dieser Übereinkunft verhandelt. Der Papst besteht darauf, dass er lautet: ›Gott hat den Menschen erschaffen‹. Die Delegation wünscht die Hinzufügung: ›Unter Anleitung der Partei‹.

Herr Meier betritt die Küche und sagt lächelnd zu seiner Frau: »Aber Herzchen, am Internationalen Frauentag musst du doch nicht spülen… Mach es morgen!«

Was ist der Unterschied zwischen einem Volksmärchen und einem sozialistischen Märchen?
Das Volksmärchen beginnt mit: Es war einmal …
Das sozialistische Märchen mit: Es wird einmal …

In der DDR gibt es keine Arbeitslosen.
Jeder hat Arbeit, trotzdem arbeitet keiner.
Obwohl keiner arbeitet, erfüllen wir die Pläne.
Obwohl wir die Pläne erfüllen, gibt es nicht alles.
Obwohl es nicht alles gibt, haben die Leute alles.
Obwohl die Leute alles haben, meckern sie.
Obwohl alle meckern, sind alle zufrieden.
Und warum sind sie zufrieden?
Weil es in der DDR keine Arbeitslosen gibt.

Was war das Positive an der Regierungszeit Tschernenkos?
Sie war kurz.

Erich Honecker besucht einen Holzschnitzer im Erzgebirge. Der Schnitzer schnitzt einen Bergmann, haucht ihn an, und der Bergmann erwacht zum Leben!
Erich fragt: »Kann ich das auch?«
Der Schnitzer bejaht, gibt Erich ein Stück Lindenholz und ein Schnitzmesser. Erich legt los.
Schließlich haucht er sein Werk an – und haucht sich fast die Lunge aus dem Leib.
Der Schnitzer besieht sich die Figur.
»Aber Erich, das ist doch kein Bergmann?«
Erich: »Nein, das ist ein Genosse!«
Da sagt der Schnitzer: »Das hättest du gleich sagen müssen!
Einen Genossen musst du treten, bevor er sich bewegt.«

Erich Honecker geht in Ost-Berlin spazieren.
Er sieht eine Frau, vollbepackt mit Einkaufstaschen.
»Na, Genossin, da haben Sie aber fleißig eingekauft!«
»Das kann man wohl sagen, Genosse Staatsratsvorsitzender.
Drei Stunden musste ich dafür anstehen!«
»Aber Genossin! Es gibt Länder, da müssen die Leute für einen Schluck Wasser einen ganzen Tag anstehen!«
»Ja, die sind dann aber sicher schon länger sozialistisch als wir …«

Honecker will mal sehen, wie es im Westen ist.
Er verkleidet sich als Oma, geht zum Bahnhof Friedrichstraße, passiert die Passkontrolle und geht auf den Bahnsteig.
Da rempelt ihn eine alte Frau an.
»Hey, Honnie. Was machst du denn hier?«
»Psst«, macht Honecker. »Wie haben Sie mich erkannt?«
»Aber Honnie«, sagt die alte Frau, »erkennst du mich nicht? Ich bin doch die Mielke-Oma.«

Als Honecker Franz Josef Strauß
bei einer Messe trifft, fragt er:
»Können Sie mir auch ein so schickes Auto besorgen,
wie Sie selber fahren?«
Jovial sagt Strauß:
»Klar, das geht seinen sozialistischen Gang.«
Darauf Honecker:
»Ach nein, das dauert mir zu lange.«

Kann man im
SED-Parteiorgan »Neues Deutschland«
einen Elefanten einwickeln?
Ja, wenn eine Rede Honeckers abgedruckt ist.

Honecker sieht in einem Ort eine lange Menschenschlange vor einer Metzgerei. Da man dort Staatsgäste aus dem westlichen Ausland erwartet, befiehlt er sofortige Abhilfe. Nach einer halben Stunde kommt tatsächlich ein LKW angebraust, hält vor der Menschenschlange, und zwei Männer laden vor der erwartungsvollen Menge ab: Bänke.

„Tut mir leid, aber wenn es um Klempner geht, bin ich auch machtlos!"

Kurt Hager macht Urlaub im Erzgebirge.
Versteckt im Wald kommt er zu einer kleinen Hütte,
in der ein uralter Mann wohnt, und sieh da: Es ist der Mann,
der seit Urzeiten die politischen Witze erfindet.
»Sie also machen die politischen Witze!«, fragt Hager.
»Ja«, sagt der Mann, »ich habe sie schon zu Kaisers Zeiten gemacht.«
Darauf Hager: »Aber guter Mann, haben Sie denn noch nie bemerkt,
dass zwischen dem Kaiserreich, der Weimarer Republik,
dem Dritten Reich und der DDR ein ganz gewaltiger
Unterschied besteht?«
Der Alte starrt Hager an, dann lacht er:
»Ha, junger Mann, der Witz ist aber nicht von mir.«

Honecker hat sich
den Arm gebrochen.
Er wollte sich auf sein Volk stützen.

Jemand fragt einen guten Freund:
»Sag mal ehrlich, was hältst du von dem Honecker?«
Der Gefragte sieht sich um, führt den anderen aus
der Kneipe durch mehrere dunkle Gassen in eine
leere Straße. Dort sieht er sich noch mal um
und antwortet:
»Find ihn gar nicht so schlecht.«

In der DDR haben jetzt Miss-Wahlen stattgefunden.
Wie das?
Die Frau von Günter Mittag wurde zur Miss Wirtschaft,
die Frau von Erich Mielke zur Miss Trauen
und Margot Honecker zur Miss Bildung gewählt.

**Werbeanzeige der Stasi:
Kommen Sie zu uns,
bevor wir zu Ihnen kommen!**

Ein Volkspolizist fragt seinen Kollegen,
wie er zu seinem Staat steht.
»Genauso wie du«,
antwortet der vorsichtig.
»Dann muss ich dich leider verhaften.«

Vor dem Gemüseladen steht eine lange Schlange.
Endlich ist der pensionierte Studienrat dran.
»Was kriegen Sie?«, fragt die Händlerin.
»Nichts, liebe Frau, ich wollte nur sagen,
dass Sellerie mit zwei ›l‹ geschrieben wird.«

Genosse Mielke fragt den Wachtposten:
»Genosse Sie haben so einen stieren Blick.«
»Genosse Generaloberst, habe ein künstliches Auge.«
»Welches Material?«, fragt Mielke.
»Glas, Genosse Generaloberst.«
»Hätte ich mir ja denken können,
sonst könnten Sie ja nicht durchsehen.«

Kommt ein Mann in den Laden:
»Bitte eine Rolle Klopapier.«
»Ham wa nich. Fragen Sie morgen noch mal nach!«
»Tut mir leid«, sagt der Kunde,
»so lange kann ich nicht warten.«

„Auf einen Termin beim Zahntechniker hättest Du ja ewig warten können..."

Anfrage an den Sender Jerewan: Was passiert, wenn der Sozialismus in der Sahara eingeführt wird?
Antwort: Die ersten zehn Jahre passiert gar nichts. Dann wird allmählich der Sand knapp.

Einem polnischen, einem amerikanischen und einem russischen Computer gibt man die Frage ein: Warum gibt es kein Fleisch?
Der polnische Computer fragt zurück: »Was ist ›Fleisch‹?«
Der amerikanische Computer: »Was heißt ›gibt kein‹?
Der russische Computer: »Was heißt ›Warum‹?«

Eine Banane rennt durch Ost-Berlin, eine Horde DDR-Bürger hinterher.
Kommt der Banane eine Kiwi entgegen:
»Warum rennst du so?«
Sagt die Banane: »Komm schnell mit, wenn die uns kriegen, fressen die uns!«
Darauf die Kiwi: »Brauch ich mich nicht zu fürchten – die kennen mich nicht.«

Bei einer Betriebsversammlung
schlägt ein Kollege vor, dass künftig
nur noch montags gearbeitet wird.
Nachdem sich der brausende Beifall
gelegt hat, ruft einer nach vorn:
»Etwa jeden Montag?«

Margot Honecker hat Zwillinge bekommen.
»Wie heißen sie denn?«,
wird sie gefragt. »Erich und Leonid.«
»Und wie halten Sie sie auseinander?«
»Wenn Leonid brüllt,
macht sich Erich immer in die Windeln.«

Ein Werkleiter kommt zum Betriebsarzt und klagt über Schmerzen im Bauch. Der Arzt untersucht ihn, dann sagt er: »Nichts akutes, Genosse. Nur altersgemäßer Abbau.«
»Aber wie soll ich damit arbeiten?«
»Nun reißen Sie sich zusammen. Denken Sie an den Genossen Krenz – schwer zuckerkrank, und er arbeitet jeden Tag seine sechzehn Stunden.«
Ein paar Wochen später kommt der Betriebsleiter wieder zum Arzt und beschwert sich über unsagbare Schmerzen in den Beinen. Nach der Untersuchung sagt der Betriebsarzt: »Nichts akutes, Genosse. Nur altersbedingter Verschleiß.«
»Aber ich kann unmöglich damit arbeiten.«
»Denken Sie an den Genossen Mittag – Bein amputiert, und er arbeitet jeden Tag seine vierzehn Stunden.«
Drei Monate später kommt der Werkleiter wieder zum Arzt.
»Ich habe jetzt immer so ein Gefühl der Leere im Kopf ...«
Dann blickt er den Arzt an: »Aber nun überlegen Sie sich gut, was sie sagen!«

Erich Honecker hat sich ein Bein gebrochen.
Er ist in eine der vielen Versorgungslücken gefallen.

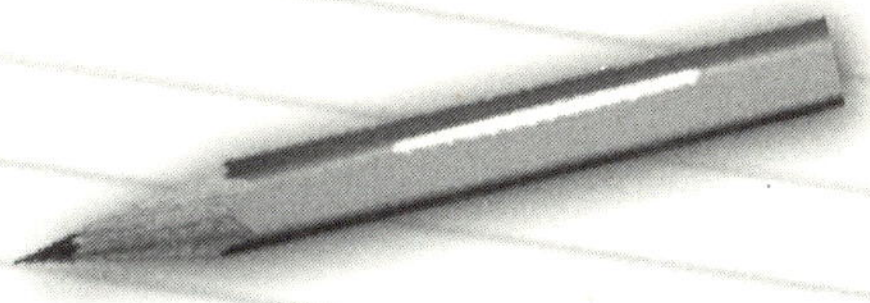

Ein DDR-Ingenieur kommt aus Algerien zurück.
Zu Hause erzählt er:
»Und in der Wüste, jede Menge Schlangen, man glaubt es kaum, Schlangen über Schlangen!«
Fragt sein Frau: »Und, haste dich angestellt?«

Vor der Parteikontrollkommission muss sich der Genosse Lehmann verantworten. Er habe sich vor Versammlungen gedrückt und abfällige Bemerkungen über die Partei gemacht. Ausführlich führt ihm der Vorsitzende der Kontrollkommission seine Verfehlungen vor Augen, lenkt aber schließlich ein und sagt: »Weil du ein guter Arbeiter bist, sprechen wir nur einen Verweis aus. Du darfst weiterhin Genosse unserer Sozialistischen Einheitspartei bleiben.«
»Ist gut«, sagt Lehmann, »ich nehme die Strafe an.«

Bei einer internationalen Konferenz unterhalten sich drei Ingenieure über den Tunnelbau in ihren Ländern. Ein amerikanischer Tunnelbauer berichtet: »Es wird von beiden Seiten des Berges gebohrt. Wir treffen uns in der Mitte mit einer Abweichung von einem Meter. Diese Ecke sprengen wir weg und basta.« Ein russischer Tunnelbauer berichtet: »Wir machen das genauso, aber die Abweichung beträgt nur zehn Zentimeter. Diese Ecke hacken wir ab und basta.« Da meldet sich der Tunnelbauer aus der DDR zu Wort: »Wir machen es auch so, und wenn Gott will, ist die Abweichung gleich null.«
»Und wenn Gott nicht will?«, fragt ein Zuhörer.
»Nun, dann haben wir zwei Tunnel.«

Frage:
In unserem sozialistischen Dresden ist wieder ein »Bellevue«-Hotel gebaut worden. Was ist denn nun der Unterschied zum früheren Hotel gleichen Namens?
Antwort:
Früher saß dort die herrschende Klasse drin, heute steht sie davor.

Ein Schotte, ein Russe und ein DDR-Bürger werden gefragt, welches Getränk sie mit in die Sahara nehmen würden.
Der Schotte sagt: eine Flasche Whisky.
Der Russe: eine Flasche Wodka.
Der DDR-Bürger: eine Tasse Kaffee und eine Tageszeitung.
Alle wundern sich und verlangen eine Erklärung.
Da sagt der DDR-Bürger: Ich trinke einen Schluck Kaffee, lese den Leitartikel, da kommt mir der Kaffee wieder hoch.

Ochse, Pferd und Huhn stehen an der Mauer und überlegen, ob sie abhauen. »Ich bleibe«, sagt das Huhn, »hier sind die Eier kleiner.«
Das Pferd meint: »Ich bleibe. Hier geht es dauernd bergab, und das ist für mich leichter.«
»Ja, meint ihr denn, ich gehe?«, sagt der Ochse. »Hau ich ab, bleibe ich ein Ochse, hier kann ich Diplomingenieur werden.«

Unterhalten sich zwei Männer: »Ich lese im Augenblick das Kapital von Karl May« , sagt der eine. Darauf der andere: »Du spinnst wohl. Das Kapital hat doch Karl Marx geschrieben.« »Ach so«, meint der andere, »ich habe mich schon gewundert, dass so wenig Indianer vorkommen.«

Vor dem IFA-Vertrieb in Berlin-Schöneweide stehen Tausende DDR-Bürger und warten auf ihren Wartburg. Gegen zehn geht die Tür auf. Ein Abteilungsleiter ruft: »Alle Bürger mit US-Dollar zu mir!«
Darauf melden sich etwa 50 Bürger.
Alle erhalten ihren Wartburg.
Der IFA Mann: »Alle mit DM zu mir!«
Etwa 100 Leute erhalten ihre Autos.
Nochmals der IFA-Mann: »Alle Parteisekretäre zu mir!«
Es melden sich etwa 500 Personen.
Zu denen sagt der IFA Mann:
»So, und ihr erklärt jetzt dem Rest, warum sie ihre Autos nicht kriegen.«

Eine Parteidelegation besucht einen Betrieb.
Die Genossen sehen den Arbeitern zu.
»Nun, was produzieren wir denn hier?«
Ein Arbeiter antwortet: »Teile von Fahrstühlen.«
»Und welches Teil wird produziert?«
»Das Schild: Außer Betrieb.«

Ein Schlachthof in Dresden erfüllt seinen Plan nur zur fünfzig Prozent. Der Direktor meldet fünfundsechzig Prozent an die SED-Kreisleitung. Der Kreisleitungssekretär erhöht auf fünfundsiebzig Prozent. Die SED-Bezirksleitung telegrafiert gewohnheitsgemäß 99,8 Prozent nach Berlin weiter. Im Wirtschaftsministerium wird die Bilanz auf hundert Prozent gerundet.
Im Zentralkomitee entscheidet man: Die Hälfte wird exportiert, der Rest bleibt für den Binnenhandel.

Lehrer Meier erteilt beim Zoll Nachhilfeunterricht in Mathematik.
Nach ein paar Wochen fragen ihn seine Kollegen:
»Und, wie ist es? Kommst du zurecht?«
»Es ist zum Verrücktwerden«, erklärt Meier,
»das einzige, was sie kapieren, ist Wegnehmen und Teilen.«

Schneewittchen liegt im Glassarg. Weder den Zwergen noch einem singenden Vogel gelingt es, sie zu wecken. Als aber ein Prinz ihr einige Worte ins Ohr flüstert, springt die Schlafende sofort auf. Was waren das für Worte? »Im nächsten Kaufhaus gibt es Apfelsinen.«

Drei Jungs unterhalten sich, wer die schnellsten Autos hat. Der erste behauptet: »Auf jeden Fall die Amerikaner.« Der zweite: »Nein, die Franzosen.« Der dritte: »Die DDR.« Wie das? »Mein Vater arbeitet bis halb vier und ist mit seinem Wartburg jeden Tag schon um drei in unserem Garten.«

Warum gibt es auf unseren Straßen so viele Schlaglöcher? Wir haben noch keinen Grund gefunden, sie zu exportieren.

Das Feinmechanik-Kombinat hat einen Draht entwickelt, der so dünn ist, dass er mit den DDR-eigenen Messgeräten nicht gemessen werden kann. Daraufhin sendet der Kombinatsleiter den Draht zum Nachmessen nach Japan. Nach einiger Zeit kommt das Päckchen zurück. Stolz öffnet der Kombinatsleiter das Päckchen vor den Augen des Zentralkomitees. In dem Päckchen liegen die Tüte mit dem Draht und ein Brief aus Japan: »Liebe Kollegen, leider ist uns der Brief zu Ihrem Päckchen abhanden gekommen. Somit wussten wir nicht mehr, was wir mit der Lieferung anfangen sollten. Wir haben Ihnen deshalb als Service ein Außen- und Innengewinde am Draht angebracht!«

Japanische Geschäftsleute auf DDR-Besuch. Auf die Frage, was sie am meisten beeindruckt habe, antworten sie: »Uns haben am besten ihre drei Museen gefallen – Pergamon, Pentacon und Robotron.«

Warum werden ab sofort die Zugangswege zu den Kombinatsbetrieben der DDR mit einem weißen Mittelstreifen versehen?
Damit diejenigen, die zu spät auf Arbeit kommen, nicht mit denen zusammenstoßen, die eher Feierabend machen.

Ein Sowjetbürger, ein Amerikaner und ein DDR-Bürger fliegen um die Welt. Der Russe sagt: »Die Sowjetunion ist ein schönes Land. Der Arbeiter verdient 1000 Rubel. 200 braucht er zum Leben und 800 für Wodka.«
Über die USA erzählt der Amerikaner: »Die USA ist ein schönes Land. Der Arbeiter verdient 1000 Dollar. 700 braucht er zum Leben. Die weißen Punkte da unten sind Wochenendhäuser, die er sich von dem baut, was im Monat übrig bleibt.«
Über die DDR erzählt der Deutsche: »Die DDR ist ein schönes Land. Der Arbeiter verdient 1000 Mark. 1000 braucht er zum Leben. Die weißen Punkte da unten sind die Wochenendhäuser.«
Fragen die beiden anderen: »Wovon erbaut ihr denn die?«
Darauf der DDR-Bürger: »Ja, das möchte ich auch mal wissen.«

Aufgrund der Zugverspätungen hat die Deutsche Reichsbahn die Fahrpläne überarbeitet. Es gibt für jeden Reichsbahndirektionsbezirk ein kleines Heftchen im Taschenformat, Umfang 20 Seiten: Auf den ersten beiden Seiten alle noch verkehrenden Züge, auf den restlichen 18 Wanderlieder.

Welche Überlegungen stellt ein junges Mädchen an,
das einen alten Mann heiraten will?
In den USA – Geld.
In Frankreich – ein erfahrener Liebhaber.
In der DDR – kann in den Westen fahren.
In der UdSSR – ein Kampfgefährte Lenins.

Im Jahr 2014 dürfen alle DDR-Bürger
in den Westen reisen.
Warum?
Weil die DDR 65 wird.

Karl Eduard von Schnitzler ist tot.
Er ist im schwarzen Kanal ertrunken.

Vorschlag des Politbüros zur Befriedigung
der Bedürfnisse der Bevölkerung
bei der Lohn- und Gehaltszahlung:
Künftig wird für Bestellungen über Genex ein Drittel
in Westmark gezahlt. Ein weiteres Drittel gibt es in
Forum-Schecks zum Einkauf in Intershops.
Das letzte Drittel wird wie bisher in Mark der DDR ausgezahl
für die Entrichtung des Partei- und FDGB-Beitrags.

Ein Handwerker stirbt und kommt zu Petrus. Der begrüßt ihn mit den Worten:
»Da bist du ja endlich.«
Darauf der Handwerker: »War es denn wirklich nötig, mich so früh zu holen?« –
»Wieso?« fragt Petrus. »Na, ich bin doch erst 45 Jahre alt.« Petrus: »Das kann nicht sein.
Wenn ich mir die Stundenzettel ansehe, die du ausgefüllt hast, bist du schon über 80.«

Parade auf dem Roten Platz. Stalin friert und gibt seinem Adjutanten ein Zeichen, ihm eine kleine Flasche Wodka zu reichen. Dieser gibt das Fläschchen an einen neben Stalin stehenden Jungen Pionier, damit der es weiterreicht. Der Junge Pionier schaut auf das Fläschchen und wirft es auf den Boden. Stalin voller Empörung
»Was erlaubst du dir, und überhaupt, wie heißt du?«
»Michail Gorbatschow.«

»Was ist Philosophie?«
»Wenn man mit verbundenen Augen in einem verdunkelten Zimmer nach einer schwarzen Katze sucht.«
»Und was ist der Unterschied zwischen materialistischer und idealistischer Philosophie«
»Materialisten suchen in einem dunklen Zimmer mit verbundenen Augen nach einer schwarzen Katze, die wirklich da ist, Idealisten suchen im gleichen Zimmer mit verbundenen Augen nach einer Katze, die gar nicht da ist.«
»Und wie ist das mit den DDR-Philosophen?«
»Die suchen im gleichen Zimmer mit verbundenen Augen nach einer schwarzen Katze, die nicht da ist, und rufen dabei laut: ›Wir haben die Katze gefunden.‹«

Meine Liebe, meine Tat meiner Heimat DDR!

Vom XI. Parteitag zum Ende der DDR

1986–1990

17.–21. April 1986: XI. Parteitag der SED, als Gastredener erklärt Gorbatschow, Selbstkritik sei eine unablässige Bedingung für Erfolg +++ April 1986: Atomunglück in Tschernobyl +++ Oktober 1986: Treffen von Honecker und Gorbatschow in Moskau. +++ Oktober 1986: Freundschaftsbesuch Honeckers in der Mongolei, in Nordkorea und in der VR China +++ Januar 1987: Zum Auftakt des Jubiläumsjahres »750 Jahre Berlin« wird das Bode Museum wiedereröffnet +++ Juni 1987: Bei seinem Berlinbesuch fordert Ronald Reagan Gorbatschow auf, die Mauer abzureißen +++ September 1987: Honecker zu Besuch in Bonn bei Helmut Kohl +++ Mai/Juni 1988: Reagan und Gorbatschow kommen zum vierten Gipfeltreffen in Moskau zusammen +++ September 1988: Das Forschungszentrum Mikroelektronik Dresden überreicht Honecker den ersten Mega-Bit-Chip made in GDR +++ Oktober 1988: Kohl in Moskau +++ Dezember 1988: Gorbatschow kündet auf der UN-Generalsversammlung einseitige Abrüstungsschritte an +++ Januar 1989: Honecker versichert, die Mauer werde »auch in 100 Jahren noch stehen, wenn die dazu vorhandenen Gründe noch nicht beseitigt sind« +++ Januar 1989: Erste Montagsdemo in Leipzig +++ Mai 1989: Ungarn beginnt mit der Demontage des »Eisernen Vorhangs« an der österreichischen Grenze +++ Oktober 1989: Der 40. Jahrestag der DDR-Gründung wird mit Militärparaden und Aufmärschen gefeiert +++ Oktober 1989: Honecker tritt zurück, Krenz wird sein Nachfolger, Mielke sagt: »Ohne Sowjetunion gab und gibt es keine DDR.« +++ Oktober 1989: Die Sendung »Der schwarze Kanal« mit Karl-Eduard von Schnitzler aus dem Programm genommen +++ November 1989: Auf dem Alexanderplatz demonstrieren fast eine Million Menschen für demokratische Reformen +++ November 1989: Auf einer Pressekonferenz bestätigt Günter Schabowski, dass Privatreisen ohne vorherige Genehmigung möglich sind, am 9.11., kurz vor Mitternacht, öffnen sich die ersten Grenzübergänge +++ Dezember 1989: Krenz legt alle seine Ämter nieder +++ Februar 1990: Bei einem Treffen mit Kohl versichert Gorbatschow, von sowjetischer Seite stehe einer Wiedervereinigung Deutschlands nichts im Wege +++ März 1990: Wahlen zur Volkskammer. Die konservative »Allianz für Deutschland« erringt einen überragenden Sieg +++ Juni 1990: Gründung der Treuhandanstalt +++ Juli 1990: Währungsunion +++ August 1990: Die Volkskammer beschließt den Beitritt der DDR zur Bundesrepublik +++ 2. Oktober 1990: Um 24 Uhr endet die Existenz der DDR. Am 3. Oktober um 00:00 Uhr werden aus allen DDR-Bürgern Bundesbürger

Russland und Deutschland spielen Fußball, 0:3, Deutschland gewinnt.
Ein alter Mann sagt:
Los! Los! Wir haben doch 1945 gewonnen!
In der Nähe sitzt ein Georgier und sagt:
Opa! Damals hatten die Russen einen anderen Trainer.

Wessi zum Ossi:
»Also schön, kann ja so sein,
daß nicht alles schlecht war.
Dann müßten Sie mir aber wenigstens
eine Sache nennen können,
die wir aus der DDR übernehmen könnten.«
Ossi: »Wie wärs denn mit Immobilien?«

Treffen sich drei Krokodile. Sagt das erste:
»Mir geht's gar nicht gut. Ich habe vor drei Tagen
einen Griechen gefressen und habe noch heute
Tzatziki-Geschmack im Maul.«
Darauf das zweite: »Ist doch gar nichts.
Ich habe vor einer Woche einen Italiener gegessen.
Mit kommt heute noch der Parmesangeschmack hoch.«
Das dritte stöhnt nur und sagt: »Ich habe vor zwei Wochen
einen Wessi gegessen, der war so hohl, ich kann
heute noch nicht richtig tauchen.«

Ein amerikanischer Tourist kommt in den achtziger Jahren nach einem Moskaubesuch wieder nach Hause und berichtet, was er gesehen hat:
«Ich war auf dem Roten Platz«
«Da ist doch das Mausoleum mit der Lenin-Mumie«.
«Ja, den habe ich mir angesehen.«
«Was, da steht doch immer eine 500 Meter lange Schlange davor.«
«Ach, ich habe dem Posten 5 Dollar gegeben.«
«Und da haben Sie dich hineingelassen?«
«Da haben sie Lenin herausgebracht.«

Lieber Bauch an Bauch mit der nackten Nachbarin,
als Seit' an Seit' mit dem Parteisekretär.

Arafat ist gestorben und steht, wie immer schwer bewaffnet, vor der Himmelstür.
Arafat klopft, Petrus öffnet.
Arafat: »Hallo, ich möchte hier rein!«
Petrus: »Nein, bewaffnet kommt hier keiner rein!«
Arafat sieht im Hintergrund einen großen, bärtigen Mann auf einem Stuhl sitzen, der ein Gewehr in der Hand hält.
Arafat: »Aber Petrus, selbst Gott hat ein Gewehr?«
Petrus: »Das ist eine Ausnahme. Außerdem ist das gar nicht Gott, sondern Karl Marx, und der wartet auf Erich Honecker!«

Worin besteht der Unterschied zwischen Wahlen in den USA, der Bundesrepublik und der DDR? In den USA können Sie zwischen mehreren Kandidaten wählen, in der Bundesrepublik zwischen mehreren Parteien und in der DDR, ob Sie vormittags oder nachmittags wählen gehen.

Einer jungen Frau wird mitgeteilt, dass der Staatsratsvorsitzende die Ehrenpatenschaft über ihre gerade geborenen Zwillinge übernehmen wird. »Und«, fragt ein Reporter, »jetzt, wo die Zukunft ihrer Kinder gesichert ist, was stellen Sie sich vor, was sie später einmal werden sollen?« Die Mutter weist auf die tief schlafenden Säuglinge und sagt: »Der geht in die Verwaltung, und der wird Parteisekretär.«

Was ist der Unterschied zwischen einem Stück Holz und einem Parteisekretär? Holz arbeitet.

»Warum setzen Sie den Kellner nicht an die Luft?«, fragt ein Gast den Geschäftsführer eines Restaurants. »Jeder weiß doch, dass er für die Stasi spioniert!« »Warum sollte ich«, erwidert der Restaurantleiter, »der nächste Spitzel ist möglicherweise kein so guter Kellner!«

Die Ostasienreise Erich Honeckers war eine der lehrreichsten.
Er brachte folgende Erkenntnisse mit nach Hause.
Erstens aus Korea, dass ein Staatschef sich noch viel mehr feiern lassen kann.
Zweitens aus China, dass man eine Mauer noch viel länger, dicker und höher bauen kann.
Und aus der Mongolei, dass man außerhalb der Hauptstadt auch in Zelten leben kann.

Ein Amerikaner, ein Franzose und ein DDR-Bürger unterhalten sich, was ihr tollstes Erlebnis war.
Der Amerikaner sagt, sein tollstes Erlebnis war ein Multi-Millionen-Dollar Geschäft.
Der Franzose sagt, sein tollstes Erlebnis war eine Nacht mit der Schönheitskönigin.
Da sagt der DDR-Bürger, mein tollstes Erlebnis war, als morgens um fünf die Stasi bei ihm klingelte und fragte, ob er Herr Müller sei und er antworten konnte:
»Nein, der wohnt ein Stockwerk höher.«

Honecker und Kohl gemeinsam beim Waldspaziergang.
Plötzlich sagt Honecker zu Kohl
»Entschuldige,Helmut, ich muss mal ein dringendes Geschäft erledigen, geh ruhig schon vor, ich komme dann nach.«
Gesagt getan. Kohl geht weiter, Honecker kommt und kommt nicht.
Kohl denkt sich: Mensch, wo bleibt der denn – und geht zurück.
Nach einigen Metern trifft er einen Förster:
»Habt Sie Erich Honecker getroffen?«, fragt er.
Der Förster antwortet: »Jawohl – mit dem ersten Schuss!«

Frage:
Ist es denn gut und richtig,
dass es bei uns nur eine führende Partei gibt?
Antwort:
Aber selbstverständlich. Stell dir mal vor,
wie du aufpassen müsstest,
wenn es mehrere führende Parteien gäbe!

Warum werden in der Schuhfabrik »Rotes Banner«, die Absätze jetzt an der Schuhspitze angenagelt? Damit auch der Letzte spürt, dass es aufwärts geht.

Ein Genosse geht zu seinem Parteisekretär und möchte aus der SED austreten. Nach den Gründen befragt sagt er: »Es gibt zwei Gründe, einen kleinen und einen großen. Der kleine ist, dass ich Angst davor habe, was mit uns gemacht wird, wenn es mal anders herum kommt.«

Darauf der Parteisekretär:
»Da kann ich dich beruhigen, es kommt nicht anders herum.«
»Genau das ist der wesentliche Grund …«

Hast du schon gehört, in der DDR soll eine neue Massenorganisation gegründet werden: BMW. Was ist denn das? Bürger mit Westgeld.

„Was meinen Sie, was ich noch alles besorgen muß!“

Warum kostet in der Bundesrepublik ein Fahrschein zwei Mark und in der DDR zwanzig Pfennig? Weil du in der DDR zehnmal fahren musst, um etwas zu besorgen.

Was ist Glück? Natürlich, dass wir in der DDR leben. Was ist Pech? Pech ist, dass wir soviel Glück haben.

Was ist ein Meinungsaustausch? Wenn du mit deiner Meinung zum Parteisekretär gehst und mit seiner wieder herauskommst.

Auf der Autobahn hat ein Trabi eine Panne. Ein BMW hält an. Der Fahrer fragt, ob er behilflich sein könne. Der Trabifahrer: »Ja, Se kennten mich abschleppen bis Gera, ginge das?«

»Ja das geht schon. Sollte ich etwas zu schnell sein, geben Sie bitte Lichthupe.«

Der Trabi wird abgeschleppt, man zuckelt so mit 60 oder 70 km/h über die Autobahn. Da kommt ein Daimler und überholt den BMW. Der BMW-Fahrer hat mittlerweile den Trabi ganz vergessen und denkt sich, das kann ich mir nicht bieten lassen, und setzt zur Jagd auf den Daimler an. Als er Tempo 180 erreicht und zum Überholen ansetzt, wird dem Trabi-Fahrer Angst und Bange und er beginnt wie von Sinnen Lichthupe zu geben. Zwei Volkspolizisten, die am Rand der Autobahn stehen, bemerken das ungleiche Rennen. Sagt der eine zum anderen: »Du gugge mal do, die zwee Westdeitschen lasse unsern Bürcher enfach nich vorbei!«

Was ist ein ostdeutsches Streichquartett?
Ein Sinfonieorchester nach der Rückkehr von der Westtournee.

Beginn der Sommerferien. Partei- und Staatsführung geben bekannt, dass an diesem Tag die Mauer geöffnet werden soll. Der Erste Generalr des Zentralkomitees der SED und Staatsratsvorsitzende hat den Wunsch geäußert, in den Ferien mit seiner Frau mal allein zu sein.

Dynamo Dresden und Bayern München sind im UEFA-Cup als Gegner ausgelost worden. Zum ersten Mal spielt eine Mannschaft aus der 1. Bundesliga im Osten. Besorgt fragen Reporter aus dem Westen an: »Bayern München, die kennt bei Ihnen doch keiner. Wird das Stadion denn auch gefüllt?«
Antwort der Verantwortlichen aus Dresden:
»Mit Sicherheit, mit Sicherheit.«

Die Parteigruppe macht einen Ausflug.
Fragt ein Genosse den anderen:
»Was meinst du, wie viel Kilometer es noch bis zur Grotte sind.«
»Zweieinhalb.«
»Das hast du vor einer Stunde auch schon gesagt.«
»Meinst du, ich ändere so schnell meine Meinung?«

Erich Honecker und Erich Mielke gehen im tiefsten Winter durch einen Park in Berlin. Plötzlich erblickt Honecker folgenden in den Schnee gepinkelten Text: »Honni ist doof!«
Honecker erbost zu Mielke: »Genosse Mielke, Sie finden unverzüglich heraus, wer das war!«
Mielke nimmt sofort eine Probe und macht Fotos vom Tatort.
Am nächsten Tag fragt Honecker Mielke:
»Und Genosse Mielke, wer war es?«
Mielke zögernd: »Nun ja, der Urin stammt von Egon Krenz, aber die Handschrift ist von Ihrer Gattin Margot!«

»Dem Parteilehrjahr verdanke ich meine schönsten Abende!«
»Du bist doch gar nicht in der Partei!«
»Ich nicht, aber meine Frau!«

Ein Ami fährt seinen Chevrolet zu Schrott, steigt aus
und schaut sich seinen Wagen an:
»Fuck, eine Woche für umsonst gearbeitet« .
Ein Bundesbürger fährt seinen Benz zu Schrott,
steigt aus und flucht: »Scheiße, einen Monat für umsonst gearbeitet.«
Ein DDR-Bürger fährt seinen Trabi zu Schrott, steigt aus und jammert:
»Mist, ein ganzes Leben für umsonst gearbeitet!«
Kommen die anderen beiden vorbei und sagen:
»Ja, warum hast du dir auch so ein teures Auto gekauft.«

Im nächsten Frühjahr wird aus den Wolken das radioaktive Strontium 90 aus den sowjetischen Atomexperimenten abregnen.
Als Genosse Schrader das erfährt, sagt er stolz:
»So sind unsere sowjetischen Freunde.
Nun schicken sie uns unser Uran wieder nach Sachsen zurück!«

Ein Rentner sitzt jeden Tag an der Elbe und angelt, um sich die Zeit zu vertreiben. Eines Tages fängt er tatsächlich etwas, einen großen, goldschimmernden Fisch.
»Wirf mich bitte wieder in den Fluss«, sagt der Fisch, »dann erfülle ich dir einen Wunsch.«
Der Rentner überlegt lange.
»Nur zu, mein Freund«, sagt der Fisch, »ich sehe doch, dass es dir nicht gut geht.«
»Na ja«, sagt der Rentner, »ich habe eigentlich nur einen einzigen Wunsch: Ich möchte in ein gut versorgtes Altersheim.«
Da kracht und blitzt es, und der Rentner findet sich auf einem langen Flur wieder. Er fragt einen Mann, der vorüberkommt: »Entschuldigen S bitte, wo bin ich hier?«
»Das wissen Sie nicht?« antwortet der verwundert. »Im Politbüro.«

Die DDR ist ein Staat mit höchster Energie-Ökonomie. Sie blendet, ohne zu leuchten.

Lieber 'ne Tante im Westen als 'nen Onkel im Politbüro.

Der Lehrer hält einen Vortrag über das Gravitationsgesetz, das allein uns mit den Füßen auf der Erde hält, sonst flögen wir in den Weltraum. Da fragt Fritzchen: »Und wie war es, bevor das Gesetz erlassen wurde?«

Von der UNO wird der Weltuntergang für den 30. Mai verkündet. Was veranlassen die einzelnen Staaten?
In den USA werden die Banken beauftragt, sämtliche Dollareinlagen an die Bürger zu verteilen.
In Frankreich wird Rotwein kostenlos ausgeschenkt.
Die DDR organisiert 3000 Maler für die Anfertigung überdimensionaler Losungen: Mit erfüllten Plänen dem Weltuntergang entgegen.

Eine DDR-Sportlerin zeigt ihrer Oma auf dem Globus, wo sie überall schon gewesen ist. »Guck mal, Oma, hier ist Afrika. Und hier ist Asien. Und hier war ich auch schon, hier ist Amerika.« Fragt die Oma: »Und wo ist die DDR?« Die Enkeltochter zeigt es ihr: »Da, siehst du, der klitzekleine, winzige Punkt hier, das ist die DDR.« Da fragt die Oma ungläubig: »Du, weiß das der Honecker?«

Warum mussten DDR-Geheimnisträger einen Trabant als Dienstwagen benutzen? Da konnte sich der Fahrer mit den Knien die Ohren zuhalten.

„Wer soll denn was gegen unsere Losung haben, Otto, die is' doch positiv!"

Honecker fährt über Land und sieht ein schmuckes Häuschen, davor steht ein Auto, im Garten eine Hollywood-Schaukel. Er will sich bei den Bürgern erkundigen, wie zufrieden sie sind, und klingelt an der Tür. Ein kleines Mädchen öffnet: »Wer bist du denn, Onkel?«
»Ich bin der Mann, der dafür sorgt, dass es euch gut geht und dem ihr all das hier zu verdanken habt.«
Da ruft das Kind: »Mami, Mami, komm schnell, Onkel Peter aus München ist da!«

Was ist der Unterschied zwischen der Volksbildung der DDR und dem Pariser Eiffelturm? Beim Eiffelturm ist die größte Niete unten.

Echowitz: Die DDR hat Weltniveau ... wo ... wo ...

Kommt ein Pferd zum Zahnarzt und verlangt,
dass der ihm die Vorderzähne zieht.
Der Arzt besieht sich die Zähne, schüttelt den Kopf.
»Warum soll ich dir die ziehen?
Die sind doch völlig in Ordnung!«
»Alle sagen, ich seh aus wie Egon Kreuz!«

Ein Genosse fällt in den Fluss und ist dem Ertrinken nah. Auf seinen Hilferuf eilt ein Mann herbei.
Er fragt: »Welche Note hattest du in Russisch?«
»Sehr gut!«
»Welche Note hattest du in Marxismus-Leninismus?«
»Herrgott, auch sehr gut, aber nun holen Sie mich doch bitte hier raus!«
»Siehst du, hättest du lieber Schwimmen gelernt.«

Einem Bürger wird das Telefon entzogen.
Er beschwert sich und fragt nach den Gründen.
»Sie haben den Staatssicherheitsdienst verleumdet.«
»Ich? Inwiefern?«, will der Bürger wissen.
»Sie haben wiederholt am Telefon behauptet, der Staatssicherheitsdienst würde Ihr Telefon abhören!«

In der DDR ist die Diskussion um eine neue Nationalhymne entstanden.
Vorschlag aus dem Erzgebirge:
»S'ist Feieromnd.«

Ein Mann sitzt mit dem Fernglas auf der Mauer und sieht nach Westberlin. Kommt ein Grenzpolizist vorbei und fragt: »Was machen Sie denn da?«
Sagt der Mann: »Genosse, ich habe den Auftrag, den Untergang des Kapitalismus zu beobachten!«
Fragt der Grenzer: »Und was kriegen Sie so dafür?«
»700 Mark.«
»Das ist aber nicht gerade viel«, meint der Grenzer.
»Dafür ist es aber eine Anstellung auf Lebenszeit.«

Frage: Kann sich das Politbüro irren?
Antwort:
Das Politbüro ist schließlich auch nur ein Mensch.

Frage:
Worin unterscheidet sich eigentlich der Ceausescu-Clan noch von den Habsburgern?
Antwort:
Die Habsburger haben nacheinander regiert.

Warum fuhr Egon Krenz nicht zu den Olympischen Spielen nach Sarajewo? Weil dort schon mal ein Kronprinz erschossen wurde.

Eine Frau will mit Erich Honecker verbunden werden, sie sei eine persönliche Bekannte.
»Ich bin's, die Edith Müller, erinnerst du dich Erich? Wir haben mal miteinander geschlafen.«
»Ja?«, sagt Erich zögernd.
Die Frau: »Und da dachte ich mir, du würdest mir bestimmt helfen. Ich brauche ein neues Auto ...«
»Schon gut«, sagt Erich, »gib der Sekretärin deine Adresse.«
Drei Wochen später ruft die Frau wieder an.
»Hier ist die Edith, du erinnerst dich? Schönen Dank für das Auto, kannst du mir noch mal helfen? Ich brauche eine bessere Wohnung ...«
»Geht in Ordnung«, sagt Erich, »sag es meiner Sekretärin.«
Nach vier Wochen ein erneuter Anruf. »Hier ist die Edith, du weißt doch, wir haben mal...«
»Jaja«, sagt Erich unwillig, »was ist denn schon wieder?«
»Ich möchte Urlaub in Amerika machen.«
»Sag mal«, erkundigt sich Erich, »wann soll das eigentlich gewesen sein, dass wir miteinander geschlafen haben?«
»Na, auf dem letzten Parteitag! Ich in der dritten Reihe und du im Präsidium.«

Anfrage an den Sender Jerewan:
Gibt es in der Schweiz ein
Ministerium für Hochseefischerei?
Antwort:
Natürlich, in der DDR gibt es
ja auch ein Ministerium für
Handel und Versorgung.

Honecker fährt morgens in sein Büro, öffnet das Fenster und sagt; »Guten Morgen liebe Sonne.«
Die Sonne erwidert: »Guten Morgen, Genosse Staatsratsvorsitzender der Deutschen Demokratischen Republik, ich wünsche einen erfolgreichen Tag.«
Honecker sagt: »Das ist aber nett von dir, liebe Sonne.« Er arbeitet, tritt mittags hinaus auf den Balkon und sagt: »Guten Tag, liebe Sonne.«
Die Sonne antwortet: »Guten Tag, lieber Erich!« Am Abend geht er noch einmal zum Fenster und sagt: »vielen Dank, liebe Sonne, ich hatte einen angenehmen Tag.«
«Ach, Mann«, sagt die Sonne, »du kannst mich mal, jetzt bin ich im Westen!«

Drei Staaten haben Interesse, die Titanic zu heben. Die USA wegen des Schmucks in den Tresoren, die Sowjetunion wegen des Stahls und die DDR wegen der Kapelle, die bis zum Untergang gespielt hat.

Anfrage an den Sender Jerewan:
Darf ein kleiner Funktionär einen großen kritisieren?
Antwort: Im Prinzip ja, aber es wäre schade um den kleinen.

In der Nacht wurde im ZK eingebrochen. Honecker ruft Mielke an:
»Wurde etwas Wichtiges gestohlen?«
»Halb so wild. Nur die Wahlergebnisse für die nächsten 30 Jahre.«

Mielke bekommt Besuch von seinem Enkel.
Er fragt ihn, was er werden will, wenn er groß ist.
»Vielleicht General«, sagt der Junge,« geht das?«
»Natürlich, wenn du fleißig lernst und ganz diszipliniert bist.«
»Oder auch Generalsekretär?«
»Aber nur, wenn du ganz besonders diszipliniert bist«, sagt Mielke.
»Oder Chef der Staatssicherheit?«
»Das geht nicht, das bin ich schon.«

Verhör bei der Stasi: »Genosse, Sie waren jetzt drei Wochen nicht mehr zur Parteiversammlung.«
Genosse: »Ja, ... ich hatte viel zu tun.«
Stasi: »Aber Sie sind letzten Sonntag in der Kirche gesehen worden.«
Genosse: »Hmm, ja, da musste ich ...«
Stasi: »Und Sie wurden auch gesehen, als sie Geld in den Klingelbeutel getan haben. Aber Ihren letzten Parteibeitrag haben Sie noch nicht bezahlt.«
Genosse: »Naja, den bezahle ich natürlich noch.«
Stasi: »Und was noch schlimmer ist: Sie wurden auch gesehen, als Sie vor Jesus knieten und ihm die Füße küssten. Sagen Sie, würden Sie das mit unserem Staatsratsvorsitzenden Erich Honecker auch machen?«
Genosse: »Naja, ...also wenn er da so hängen würde ...«

Kohl brüstet sich während Honeckers Besuch 1987 in Bonn damit, dass er nur kluge Leute um sich habe. Honecker glaubt ihm nicht. Um seine Aussage zu beweisen, fragt Kohl überraschend bei Tisch Genscher: »Es ist nicht mein Bruder und auch nicht meine Schwester, aber trotzdem das Kind meiner Eltern. Wer ist das?« Ohne aufzublicken sagt Genscher sofort dazu: »Du natürlich.«
Das imponiert dem DDR-Chef nun doch. Wieder zurückgekehrt versucht er den gleichen Test mit Willi Stoph: »Es ist nicht mein Bruder und nicht meine Schwester, aber trotzdem das Kind meiner Eltern. Wer ist das?« Stoph denkt eine Weile angestrengt nach und schlägt dann vor, Mielke mit dieser Aufgabe zu betrauen. Mielke wird hinzugerufen und bekommt die Aufgabe gestellt. Er überlegt lange, dann erhellt sich seine Miene:
»Das bist du, Erich!«
»Unsinn«, sagt Honecker, »das ist natürlich Kohl!«

Erich Honecker will sich inkognito unter das Volk mischen.
Er geht aus dem ZK-Gebäude und steigt in der Breiten Straße in ein Taxi.
Der Taxifahrer dreht sich um,
erstarrt, dann schüttelt er den Kopf:
»Nee, diese Ähnlichkeit! Das ist sicher sehr unangenehm für Sie, was?«

Die politische Schulung der Bevölkerung ist in der DDR kostenlos.
Sie ist aber für gewöhnlich auch umsonst.

Bush, Honecker und Gorbatschow reiten durch die Wüste und werden von Beduinen verfolgt.
Gorbatschow wirft ihnen einen Zettel zu, auf dem steht:
»1 Million Rubel, wenn ihr uns in Ruhe lasst.«
Doch die Beduinen verfolgen sie weiter.
Da wirft Bush ihnen einen Zettel zu, auf dem er 1 Million Dollar verspricht. Doch sie werden weiterhin verfolgt.
Honecker wirft einen Zettel – die Beduinen lesen, halten, machen sofort kehrt.
»Was hast du ihnen geboten?«, fragen Bush und Gorbatschow.
»Nichts«, sagt Honecker. »Ich habe geschrieben: Noch ein Kilometer, dann beginnt die DDR.«

Warum küsst Honecker den Gorbatschow immer so innig?
Er beginnt mit der rechten Wange und fragt:
»Hast du mir was mitgebracht?«
Danach wendet er sich hoffnungsvoll der linken Wange zu:
»Kann auch aus dem Westen sein!«

Die Lehrerin fragt, was ein Trauerfall ist.
Der erste Schüler:
»Wenn ich mein Portemonnaie verliere!«
»Nein«, sagt die Lehrerin.
»Das nennt man einen Verlust.«
Der zweite Schüler:
»Wenn der Sturm das Dach unseres Hauses beschädigt.«
»Auch nicht richtig, das nennt man einen Schaden.«
Der dritte meldet sich: »Ein Trauerfall ist, wenn Erich Honecker stirbt.«
»Jawohl, richtig«, sagt die Lehrerin,
»das ist ein Trauerfall und kein Verlust und kein Schaden.«

Was ist der Unterschied zwischen Spanien und der DDR?
Über Spanien lacht die Sonne,
über die DDR lacht die Welt.

Erich kommt vom Staatsbesuch zurück und landet auf dem Flughafen Schönefeld (Berlin). Überall brennt das Licht, aber kein Mensch ist zu sehen. Er fährt durch die Stadt – überall das gleiche Bild: Alles hell erleuchtet, aber keiner auf der Straße. Er kommt zum Palast der Republik, aber auch hier sind nur die hell erleuchteten Räume zu sehen. Schließlich fährt er zum Grenzübergang Heinrich-Heine-Straße, der auch im Scheinwerferlicht glänzt.
Am Schlagbaum hängt ein Schild, auf dem steht:
»Erich, mach's Licht aus, du bist der Letzte!«

DDR

Journalisten aus der Bundesrepublik haben auf Einladung des Außenministeriums der DDR den Osten bereist und werden auf einer Pressekonferenz befragt, ob ihnen an diesem anderen deutschen Staatsvolk besondere Eigenschaften aufgefallen seien. Antwort: Ja. Es sind die Ehrlichkeit, Intelligenz und Liebe– zu Erich Honecker.
Mit einer kleinen Einschränkung:
Jeweils eine dieser drei Eigenschaften trifft nicht zu.
Entweder sie sind ehrlich und lieben Erich Honecker, dann sind sie nicht intelligent. Oder sie sind intelligent und lieben Erich Honecker, dann sind sie nicht ehrlich.
Oder sie sind ehrlich und intelligent, dann lieben sie Erich Honecker nicht.

Kommt ein Ausländer in einen Laden,
sieht ein Honecker-Bild an der Wand und fragt:
»Ihr Geschäftsführer?«
»Nein, der Hauptkassierer.«

Die Stadt Weimar plant ein Goethe-Denkmal.
Es wird ein Wettbewerb ausgeschrieben,
an dem sich alle Künstler des Landes beteiligen.
Gewonnen hat der Entwurf »Honecker liest Goethe«.

Auf dem Parteitag erblickt Honecker
im Präsidium ein unbekanntes Gesicht.
Aufgeregt winkt er Mielke ran.
»Du, da sitzt einer, den kenne ich nicht!«
»Ich auch nicht«, sagt Mielke,
»aber Moment, ich kläre das.«
Nach einer Weile kommt Mielke zurück:
»Ist alles in Ordnung, wir haben es überprüft.
Der Mann hat seinen Platz über Genex bezahlt.«

Honecker liegt im DDR-Regierungskrankenhaus,
um sein Bett ist das ganze Politbüro versammelt.
»Ist Staatssicherheitsminister Mielke hier,
ist Verteidigungsminister Kessler anwesend?«
fragt er mit schwacher Stimme, »sind alle hier?«
»Jawohl«, kommt es im Chor.
Da richtet sich Honecker auf und fragt:
»Und wer passt inzwischen auf das Volk auf?«

Bush, Gorbatschow und Egon Krenz haben vom ewigen Streit die Nase voll und beschließen, sich 50 Jahre lang einfrieren zu lassen. Nach ca. 50 Jahren werden sie aufgetaut, und jeder besorgt sich eine Zeitung seines Landes. Bush liest die erste Seite und fällt tot um. Drauf stand:
»General Motors gewinnt sozialistischen Wettbewerb.«
Auch Gorbatschow stürzt nach dem Lesen der ersten Seite tot zu Boden.
Schlagzeile: »Erneut Streitigkeiten an der polnisch-chinesischen Grenze«.
Krenz liest und stirbt unter Krämpfen
Schlagzeile: »Wir gratulieren unserem Staatsratsvorsitzendem Erich Honecker zum 130. Geburtstag!«

Host Sindermann kehrt von seinemBesuch in Westdeutschland zurück.
Honecker nimmt ihn zur Seite.
»Mal ehrlich, wie ist es denn nun in der Bundesrepublik?«
»Ach, wie bei uns! Für West-Mark bekommt man alles …«

Honecker hat seinen Chirurg
verhaften lassen.
Er wollte sich in seine innere
Angelegenheiten einmischen

Honecker, passionierter Jäger, geht nach beendeter Pirsch ins Wirtshaus und trifft dort den Dorfdoktor. »Wissen Sie schon, was ich heute erlegt habe?«, ruft er ihm zu. »Ganz genau«, winkt der Arzt ab. »War schon bei mir in Behandlung.«

Honeckers Schutzengel bittet im Himmel um Urlaub, er sei total erschöpft. »Wieso, du hast nur einen Menschen zu schützen, so wie jeder andere Schutzengel auch«, sagt Petrus. »Gewiss« , röchelt der Engel, »aber nicht vor 17 Millionen Menschen!«

»Honeckers Todestag steht schon im neuen Jahreskalender.«
»Wieso?«
»Es ist der 10. Juli. Schau nach. Da ist zu lesen:
ERICH MÜHSAM ERMORDET.«

Stoph und Sindermann unterhalten sich darüber, dass jeder dritte DDR-Bürger kriminell sein soll. Als Honecker hinzutritt, sehen sie ihn vorwurfsvoll an: »Aber Erich, das hätten wir nicht von dir gedacht.«

Honecker lässt sich bei seinem Friseur in Wandlitz die Haare schneiden. Der plaudert munter, andauernd fällt das Wort Perestroika. Irgendwann reicht es Honecker, er verbietet dem Friseur, das Wort auszusprechen.
»Schade«, sagt der, »immer wenn ich Perestroika sage, stehen Ihnen so schön die Haare zu Berge.«

Reagan und Gorbatschow unterhalten sich.
Reagan sagt:
»Wenn ich über meine Farm fahre, setze ich mich in mein Auto und fahre drei volle Tage.«
»Und wenn ich mein Datschengrundstück besichtige, setze ich mich in mein Auto und fahre eine Woche.«
»Tja«, sagt Reagan, »solche Autos hatten wir früher auch.«

Anfrage an den Sender Jerewan: Kann die Partei auch irren.
Antwort: Im Prinzip ja, aber Sie irrt nie!
Frage: Woher wissen Sie das so bestimmt?
Antwort: Wir haben die Partei gefragt!

Frage:
Wie kann man das Wort Perestroika
ins Deutsche übersetzen?
Antwort:
Man braucht dazu drei Wörterbücher.
Im russisch-deutschen steht »Perestroika = Umgestaltung«.
Im Wörterbuch der Architektur findet man »Umgestaltung = Rekonstruktion«.
Und schließlich steht im Fremdwörterbuch:
»Rekonstruktion = Wiederherstellung des alten Zustandes.«

Worin unterscheiden sich Pieck,
Ulbricht und Honecker?
In ihrer Genügsamkeit.
Wilhelm Pieck wollte den Sozialismus
noch für die ganze DDR.
Walter Ulbricht beschränkte sich auf Berlin.
Honecker setzte ihn wenigstens in Wandlitz durch.

Der liebe Gott betrachtet die Erde und stellt fest, dass er mit seiner Schöpfung wahrlich nicht zufrieden sein kann. Er bestellt die Staatsoberhäupter zu sich und erklärt ihnen, dass er es satt hat und in vierzehn Tagen eine neue Sintflut über die Erde schicken wird. Reagan kommt zurück und erklärt im Weißen Haus: »Ich habe eine gute und eine schlechte Nachricht. Die gute Nachricht: Gott hat mit mir persönlich gesprochen. Die schlechte: Wir können das SDI-Programm nicht zu Ende führen."
Gorbatschow ruft seine engsten Berater im Kreml zusammen und sagt: »Genossen, ich habe zwei schlechte Nachrichten. Erstens: Es gibt Gott doch, und zweitens: Wir können die Perestroika nicht zu Ende führen.«
Honecker beruft das Politbüro ein und verkündet: »Ich habe zwei gute Nachrichten, Genossen. Erstens: Unsere Kirchenpolitik hat sich bewährt; ich hatte gerade ein Gipfeltreffen mit Gott. Zweitens: Wir müssen die Perestroika nicht bei uns einführen.«

Honecker kommt in den Himmel.
»Du, Petrus, ich möchte aber in den Osthimmel.«
»In Ordnung«, sagt Petrus,
»aber zum Essen kommste rüber.
Für einen alleine koch ich nicht.«

Nach seinem Ableben klopft Honecker bei Petrus an die Tür.
Dieser sieht nach und fragt:
»Du hast dich wohl verlaufen? Ab in die Hölle!«
Ein halbes Jahr später klopfen zwei Teufelchen bei Petrus an.
Petrus: »Ihr seid ganz falsch hier!«
Sie entgegnen: »Nein, wir sind die ersten Flüchtlinge ...«

Honecker steht mit einem Koffer an der Grenze und sagt: »Ich zieh zu meinem Volk.«

Honecker hat eine Anzeige aufgegeben:
Biete Staat. Suche Arbeiter und Bauern.

Warum spielt Honecker nicht Verstecken?
Na, würdest du ihn suchen?

Der kürzeste Witz:
Dr. Honecker.
Noch ein kurzer Witz:
Ein Minister fährt Straßenbahn.

Erich Honecker kommt auf den Alexanderplatz, sieht eine Menschenschlange und stellt sich an. Nach einer Weile dreht sich der Vordermann um, schaut erstaunt Honecker an und geht weg. Der nächste dreht sich um, der übernächste, der überübernächste. Nach und nach gehen alle weg. Beim allerletzten fragt Erich: »Wonach steht ihr hier eigentlich an und warum geht ihr alle weg?«
»Nach Ausreiseanträgen. Aber wenn auch du einen stellst, können wir ja hierbleiben.«

Günter Mittag und Erich Honecker besuchen einen Kindergarten. Honecker will wissen, wie es denn so aussieht. »Ja«, sagt die Leiterin, »der Spielplatz müsste fertiggestellt werden, und neues didaktisches Spielzeug brauchen wir auch.«
»Gut, wir werden sehen, was sich machen lässt, wir prüfen es für den nächsten Fünfjahrplan«, antwortet Erich Honecker.
Anschließend fahren Mittag und Honecker weiter nach Bautzen in die Strafvollzugsanstalt.
»Wir fordern«, sagen die Häftlinge, »Farbfernseher und Dusche in jeder Zelle. Und Tennisplatz und Fitnessraum.«
»Ja«, sagt Honecker, »in Ordnung, ich werde das sofort veranlassen.«
Mittag ist völlig perplex. »Sag mal, Erich, hast du dich da nicht vertan. Das kostet doch Millionen, und für die Kinder willst du nichts tun?«
»Na, meinst du denn, wenn es einmal anders kommt, werden wir im Kindergarten eingesperrt?«

Mielke kommt zu Krenz.
»Stell dir mal vor,
der Honecker läuft durch den
Garten und zieht ein Holzpferd
hinter sich her.«
»Naja, die Nerven ..., wenn's
der Entspannung dient!«
»Ja, schon«, sagt Mielke, »es
ist aber mein Holzpferdchen!«

Das Neue Deutschland erscheint
mit drei neuen Seiten: Auf
der ersten steht, was gemacht
werden muss, auf der zweiten,
wie es gemacht werden muss
und auf der dritten sind schwarz
umrandete Kästchen.
Darin zu finden sind die, die es
versucht haben.

Ein US-Bankier ist beim DDR-Finanzministerium eingeladen
und sieht große Mengen an Gold herumliegen.
Erstaunt sagt der Amerikaner zum Gastgeber:
»In meiner Heimat ist Gold ein sehr kostbares Gut. Es befindet sich in Fort
Knox, ist umgeben von einer fast unüberwindlichen Betonmauer,
von Wachtürmen, Stacheldraht und wird von
Hunden und Soldaten bewacht.«
»Sehen Sie«, antwortet der Minister, »das ist der Unterschied zwischen
Ihrem und unserem System. Bei uns ist der Mensch das höchste Gut.«

DDR-Chef Honecker veranstaltet mit seinem Verteidigungsminister, seinem Innenminister und seinem Staatssicherheitsminister Mielke und ihrem jeweiligen Gefolge eine Jagd. Die drei sollen miteinander um das prächtigste erlegte Wildschwein wetteifern. Am Ende der Jagd bringt der Verteidigungsminister mit seinen Leuten einen kapitalen Hirsch herbei, der Innenminister einen stattlichen Rehbock. Honecker zollt Anerkennung, aber es sind eben keine Wildschweine. Neugierig wartet er auf die Stasi-Leute. Endlich kommt Mielke, und Honecker traut seinen Augen nicht. Mielke präsentiert ihm einen kleinen zerzausten Hasen.
Mielke sagt voller Stolz: »Genosse Honecker, du glaubst nicht, wie lange wir diesen Hasen verhören mussten, bis er endlich zugegeben hat, dass er ein großes Wildschwein ist.«

»Es ist schon schwer, bei der SED-Führung nicht anzuecken«, meint ein Österreicher nach der Rückkehr aus Leipzig. »Beachtet man das, was sie geschaffen hat, nicht genügend, hält sie einen für einen Feind der DDR. Sieht man sich ihre Errungenschaften aber näher an, hält sie einen für einen Spion.«

Ein Kaninchen hoppelt über die Grenze in den Westen. Mit der Begründung, in der DDR würden jetzt alle Elefanten verfolgt, beantragt es politisches Asyl. »Aber du bist doch gar kein Elefant!« »Das weiß ich auch, aber machen Sie das mal der Stasi klar …«

Die Parteileitung fordert einen Genossen auf, Selbstkritik zu üben. »Genosse«, sagt der Kreissekretär. »du wirst einen Artikel verfassen, in dem du bekennst, Fehler begangen zu haben …«
»Was denn für Fehler?«
»Du wirst schreiben, dir sind schwerwiegende Irrtümer unterlaufen …«
»Was denn für Irrtümer?«
»… dass du ideologische Verfehlungen begangen hast …«
»Was denn für Verfehlungen?«
»… dass du das Ansehen der SED geschädigt hast …«
»Was denn für ein Ansehen?«

Die Produktion von Betten wird wegen nicht vorhandenen Bedarfs eingestellt. Die Intelligenz ruht auf Lorbeeren, die Werktätigen sind wachsam, und der Rest sitzt.

Ein Ehepaar geht am Gebäude des ZK vorbei. Sagt die Frau: »Ich möchte mal wissen, wie viele hier arbeiten?« Sagt der Mann: »Na, die Hälfte vielleicht.«

Ein hoher SED-Genosse, der in angetrunkenem Zustand zwei DDR-Bürger angefahren hat, fragt den Richter nach seiner zu erwartenden Strafe. »Du bekommst natürlich keine, Genosse! Der Mann, der durch die Scheibe deines Autos flog, wird wegen Einbruchs verurteilt. Und der andere, der fünfzehn Meter durch die Luft flog, wird wegen Unfallflucht bestraft.«

A+K=♡

Unterhalten sich zwei Gefängnisinsassen.
Fragt der eine: »Weshalb bist du hier?«
»Ich bin Fahrradhändler und habe Erich Honecker den Rücktritt angeboten. Und was hast du angestellt?«
»Ich habe Erich Honecker durch ein Fernrohr beobachtet.«
»Da ist doch aber nichts schlimmes dabei!«
Sagt der andere: »Na ja, bei mir hing noch ein Gewehr unten dran.«

Im Zoogeschäft: »Was kostet dieser graue Papagei?«
»Etwa 1000 Mark.«
»Was? So teuer?«
»Ja, mein, Herr, der Papagei sieht zwar etwas unscheinbar aus, ist aber sein Geld wert. Er kann fließend Russisch, Englisch, Französisch und Deutsch. Mit der linken Kralle schreibt er Schreibmaschine, mit der rechten stenografiert er.«
»Donnerwetter! Aber der bunte Papagei hier nebenan gefällt mir doch besser. Was kostet der denn?«
»10 000 Mark.«
»Oh, und was kann er?«
»Gar nichts.«
»Wie bitte? Und wieso kostet er dann so viel?«
»Das ist der Parteisekretär von dem anderen.«

Erich Honecker fliegt in einem sowjetischen Raumschiff, aber das droht abzustürzen. Da sieht er durchs Fenster einen Engel, der zu ihm sagt: »Ich kann dich retten. Aber du musst laut rufen: Es lebe der Kapitalismus!«
Erich lehnt ab. »Lieber sterbe ich!«
»Na gut, wie du willst.«
Etwas später, das Raumschiff ist außer Kontrolle, wiederholt der Engel sein Angebot. Erich will seinen Idealen treu bleiben und schickt den Engel fort. Inzwischen beginnt das Raumschiff schon zu glühen, da kommt der Engel ein drittes Mal. Erich hält es nicht mehr aus. »Was helfen mir meine Ideale? Also gut, ich tu's.«
Und laut schreit er: »Es lebe der Kapitalismus!«
Da stößt ihn jemand unsanft in die Rippen: »Genosse, wenn du schon schläfst auf der Parteiversammlung, dann sprich wenigstens nicht im Schlaf!«

„Wer dagegen ist, den bitte ich um das Handzeichen!"

Zeit der Glasnost in Moskau. In der Prawda stehen jeden Tag aufregende Berichte.
Eines Morgens ruft Iwan bei Kolja an. »Hast du gelesen, was heute in der Prawda steht?«
»Pst«, sagt Kolja, »nicht am Telefon!«

**Bei einem Empfang im Kreml kommt Helmut Kohl neben einem Sowjetgeneral zu stehen, dessen Uniform mit Reihen von Orden übersät ist. Plötzlich eilt ein Sicherheitsbeamter herbei: »Herr Bundeskanzler, Sie haben geläutet?«
»Nein. Der General hat geniest ...«**

Der Papst kommt nach Leipzig, meldet die Presse. Na endlich, dann ist auch der letzte Pole in der DDR gewesen.

Honecker hat Gorbatschow besucht.
Vor seinem Abflug in die DDR liegt ein großer roter Teppich, auf dem Gorbatschow den Gast bis zur Maschine bringt und dann dem Abfliegenden noch lange Gedanken verloren nachschaut.
«Hm«, meint er, »als Politiker ist Honecker eine Null – aber küssen kann der Kerl!«

Nach Erichs Abdankung müssen die Honeckers nach Marzahn umziehen. Vor dem Auszug aus Wandlitz geht Margot noch einmal in die Wandlitzer Kaufhalle und kauft ein. Nach einer Woche in der neuen Wohnung ist der Kühlschrank leer. Margot geht wieder einkaufen. Sie kommt mit fast leerem Netz nach Hause. »Stell dir das nur vor, Erich« , schimpft sie. »Kein Filet, kein Räucheraal, keine Mangos, nicht einmal Bananen und Kiwis gab es!« Meint Honecker: »Siehst du, kaum bin ich eine Woche nicht mehr im Amt, da gibt es schon nichts mehr zu kaufen.«

Ein DDR-Bürger fährt zum ersten Mal in seinem Leben ins Ausland. An der Grenze fragt ihn der Zollbeamte: »Cognac, Whisky …?« Sagt der Mann: »Um diese Zeit?«

Warum ist die DDR-Wirtschaft in die Knie gegangen? Weil sie gerade zum Sprung ansetzen wollte, um die kapitalistische Wirtschaft zu überholen.

Ein Mann kommt zu einer Autobahntankstelle und sagt: »Ich hätte gern zwei Scheibenwischblätter für meinen Trabi.« Darauf schaut der Tankwart den Trabi an und meint: »Okay, das ist ein fairer Tausch.«

18. März 1990. Zehn Minuten nach Beginn der Übertragung aus dem Wahlstudio im Palast der Republik kommt beim Adlershofer Fernsehsender ein Telegramm aus Lobetal an: »Fernsehspiel sofort abbrechen. Erwarte die Verantwortlichen am Dienstag in der Politbürositzung zur Selbstkritik. Honecker.«

„Ich glaube, wir sind über den Berg!"

Leider hat der Mauerfall die bedeutendste Entwicklung bei »robotron« zunichte gemacht, mit der man den Anschluss an Silicon Valley schaffen wollte. Der erste begehbare Mikrochip der Welt war produktionsreif.

Untersuchungsgefängnis Rummelsburg. »Wer konnte das ahnen«, stöhnt Mielke, »wir hätten besser vorsorgen müssen!« »Ganz deiner Meinung«, antwortet Mittag, »wir hätten unbedingt anständige Gefängnisse bauen müssen.«

»Stimmt es, dass jetzt viele ehemalige Stasi-Leute als Taxifahrer arbeiten?« »Ja, das ist doch praktisch. Du nennst nur deinen Namen, und der Taxifahrer weiß, wo du wohnst.«

Was ist der Unterschied zwischen der Sonne und einem DDR-Rockmusiker? Es gibt keinen. Im Osten gehn sie auf, und im Westen gehn sie unter.

Was ist der Unterschied zwischen 40 Jahren DDR und 40 Jahren Bundesrepublik?
40 Jahre.

Warum gehen die Direktoren der volkseigenen Betriebe nicht mehr in die Kantine?
Sie können das Wort Mittag nicht mehr hören.

Gott strafte alle verstorbenen Staatssekretäre der DDR mit einem Nadelstich pro Lüge, bevor sie in den Himmel durften.
Als Ulbricht gefragt wurde, gab er zehn Lügen an und wurde mit zehn Stichen gestraft.
Als Honecker an der Himmelspforte klopfte, wurde er erst mal für zwei Wochen unter die Nähmaschine gelegt.

Nachschlag

von Ossis und Wessis

Warum lächeln die Chinesen immer, wenn sie einen Ossi treffen?
Weil sie ihre Mauer noch haben.

Warum leben die Ostfriesen relativ ruhig?
Die Ostfriesen kennen das Problem der Westfriesen nicht.

Was ist der Unterschied zwischen Gott und einem Wessi?
Gott weiß alles, der Wessi weiß alles besser.

Kommt ein Wessi des Wegs:
»Was soll das? Keine Ressentiments!
Wir sind ein Volk!«
Darauf Ossi: »Wir auch.«

Was sagt im Osten ein arbeitsloser Philosoph zu einem Philosophen, der noch Arbeit hat?
»Eine Currywurst bitte, Herr Professor.«

Ein Wessi hat sich in der Prignitz angesiedelt. Der Landbriefträger klagt ihm sein Leid: »So weit zu laufen, und heute muss ich wegen eines Briefes noch zwei Kilometer weiter gehen.« Sagt der Wessi: »Typisch Osten. Bei uns schicken wir die Briefe mit der Post.«

Der eine Ossi zum anderen: »Du, mein West-Chef hat gesagt, es ist unmöglich, einem Trottel wie mir was beizubringen.« Sagt der andere: »Da siehst du mal, dass er seiner Aufgabe nicht gewachsen ist!«

Wessi: »Warum heißt die Straße denn Clara-Zetkin-Straße?«
Ossi: »Na, kennen Sie die berühmte Politikerin und Alterspräsidentin des Reichstags nicht?«
Wessi: »Natürlich, ich wusste nur nicht, dass sie hier wohnt.«

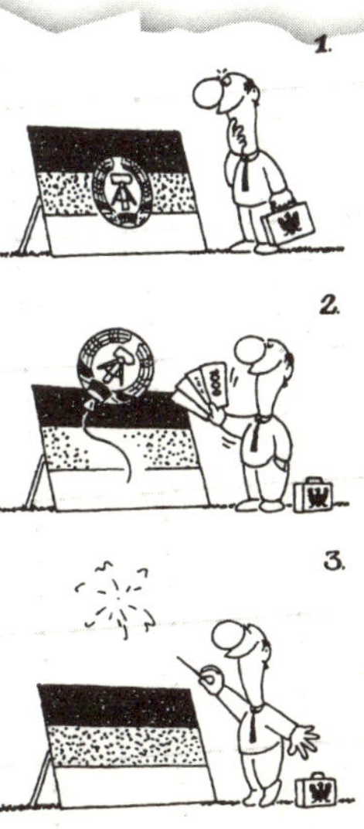

Ein junger Ossi wird zur Bundeswehr eingezogen und schreibt an seine Mutter: »Mir geht es gut hier. Wir sind eine ganz tolle Truppe. Wir sind fünfzehn Mann, zehn Wessis und fünf Ossis.«
Die Mutter schreibt zurück:
»Lieber Junge, es freut mich zu hören, dass es dir gut geht und dass ihr bereits Gefangene gemacht habt.«

EPPER-Witz der Woche

„Zu welchem Truppenteil möchten Sie?"
„Zum Generalstab!"
„Sind Sie bescheuert?"
„Wieso, Ist das Bedingung?"

*Wie nennt man es, wenn ein Wessi einem Ossi in die Fresse haut?
Solidaritätszuschlag Ost.*

Sitzt ein Ossi in der Wüste. Kommt ein Wessi und sagt: »Rutsch mal ein Stück.«

Was haben ein Ossi und ein Ei gemeinsam?
Beide kann man in die Pfanne hauen.
Der Unterschied: das Ei nur einmal.

Ossi zum Wessi:
»Sie haben Ihr Versprechen gebrochen!«
Wessi zum Ossi:
»Macht nichts, Sie kriegen ein neues.«

Es gibt ein neues Wirtschaftswunder
in Deutschland.
Die Wessis wirtschaften,
die Ossis wundern sich.

Ein Ossi hat einen Schweinemastbetrieb aufgemacht.
Ein Unternehmensberater aus dem Westen steht ihm zur Seite.
Kaum ist der Betrieb eröffnet, kommt der Ossi zu ihm:
»Drei Schweine sind gestorben.«
Wessi: »Womit fütterst du sie?«
»Mit Kartoffeln und Kleie.«
»Nicht gut, nimm Weizen.«
Am nächsten Tag kommt der Ossi wieder:
»Sieben Schweine sind gestorben.«
»Was gibst du ihnen zu trinken?«
»Wasser.«
»Nicht gut, nimm Milch.«
Nach einer Woche. »Die Hälfte meiner Schweine ist gestorben.
Die Ratschläge haben überhaupt nicht geholfen.«
Der Wessi: »Ach, weißt du, ich habe noch viele gute Ratschläge,
aber ob du genügend Schweine hast?«

Ein Wessi hat eine Konzertagentur im Osten aufgemacht und geht auf Talentsuche. Er spricht einen Typ an: »Mensch, Junge, du hast eine tolle Stimme! Ich werde dich groß rausbringen!«
»Na hören Sie mal, ich bin Frank Schöbel!«
»Macht ja nichts, den Namen können wir ändern …«

Ossi hat Schulden gemacht und schreibt seinem Westcousin: »Wenn ich nicht sofort tausend Euro auftreibe, muss ich mich erschießen. Kannst du mir helfen?«
»Tut mir leid, ich besitze keinen Revolver.«

Es gibt drei Arten, eine Firma in den Bankrott zu wirtschaften:
Durch Frauen – das macht am meisten Spaß.
Durch Sauferei – das klappt hundertprozentig.
Durch einen Westler als Geschäftsführer – das geht am schnellsten.

Der Westhahn rollt ein Straußenei vor den Ost-Hühnerstall und posiert vor den Hühnern. »So, meine Damen, ich wollte Ihnen bloß mal zeigen, wie bei uns drüben gearbeitet wird.«

Was ist der Unterschied zwischen der freien Marktwirtschaft und dem Christentum?
Das Christentum hat die Armut gepredigt, die freie Marktwirtschaft hat sie verwirklicht.

Ein Ossi erzählt einem Wessi einen Wessiwitz.
Sagt der Wessi: »Sie wissen wohl nicht, dass ich Wessi bin?«
»Ach, Entschuldigung, ich fang noch mal an und erklär die Pointe.«

Ossi:»Herr Ober, welchen Wein empfehlen Sie mir zum Jahrestag der deutschen Einheit?«
Kellner: »Das kommt ganz darauf an, mein Herr …«
Ossi: »Worauf?«
Kellner: »Wollen Sie feiern, der wollen Sie vergessen?«

Warum waren so viele DDR-Bürger in der Gesellschaft für Deutsch-Sowjetische Freundschaft? Weil sie glaubten, dass das nach der Wiedervereinigung als russische Kriegsgefangenschaft anerkannt wird.

Was sagt der Wessi nach dem Sex?
»Na, wie war ich?!«
Und was sagt der Ossi nach dem Sex?
»Nu, war doch nicht alles schlecht, oder?«

Wenn im Spätsommer 2002, nach der Elbüberschwemmung die Mauer noch gestanden hätte, was wäre auf ihr geschrieben gewesen?
Bitte nicht vom seitlichen Beckenrand springen!

Ein Bayer ist in Leipzig. Da begegnet ihm ein Einheimischer mit einem bepackten Esel. Der Bayer fragt: »Was hast du denn mit dem Rindvieh vor?«
»Das ist kein Rindvieh! Das ist ein Esel!« antwortet der Ossie.
Der Bayer: »Wer red' denn mit Dir?«

Wann ist die Wiedervereinigung vollendet?
Wenn der letzte Ossi aus dem Grundbuch verschwunden ist.

Warum braucht man im Westen 13 Jahre fürs Abitur?
Weil ein Jahr davon Schauspielunterricht ist.

Ossi zum Wessi: »Wir sitzen alle in einem Boot.«
Wessi zum Ossi: »Genau! Die einen müssen rudern, die andern dürfen angeln.«

Illustratoren:
Horst Alisch, Rainer Bach, Walter Bedau, Michael Beier, Prof. Alfred Beier Red, Jürgen Beigang, Henryk Berg, Walter Bier, Herbert Boehnke, Ulrike Braun, Horst Buchholz, Adelhelm Dietzel, Anneliese Dörck, Peter Dunsch, Arthur Epperlein, Hans Fischer, Hans-Jürgen Freudenberger, Manfred Friedemann, Karl-Heinz Guckuk, Holger Gutsche, Lutz Heber, Klaus Heine, Gerhard Heinig, Norbert Hornig, Heinz Jankofsky, Achim Jordan, Keppke, Karl-Heinz Klappoth, Dieter Kley, Peter Lamberty, Ulrich Manke, Horst Marwig, Andreas Meenke, Hellmuth Meyer, Willy Moese, Manfred Moritz, Egon Neumann, Karl-Heinz Otto, Peter Paasch, Harri Parschau, Carl Pohl, Frieder Prager, Paul Pribbernow, Dr. Ulrich Prinz, Louis Rauwolf, Gerhard Renkewitz, Herbert Reschke, Hans-Dieter Rößler, Jörg Rückmann, Hartmut Schettler, Thoralf Schirmer, Lothar Schneider, Wolfgang Schubert, Eugen Schumann, Michael Schütze, Schwalme, Rolf Seifert, Peter Sieber, Wolfgang Simon, Otto Sperling, Hans-Georg Urbschat, Olaf Verchow, Gerhard Vogler, Klaus Vonderwerth, Matthias Vorbeck, Michael Wackwitz, Ralf Wegerich, Gert Werner, Harry Winzer, Ulrich Zahn, Arnulf Zimmermann
Es ist uns nicht in allen Fällen gelungen, die Rechte-Inhaber zu ermitteln. Berechtigte Honoraransprüche bleiben gewahrt.

ISBN 978-3-359-02249-7

Umschlaggestaltung: Verlag unter Verwendung einer Karikatur von Manfred Bofinger
Druck und Bindung: CPI Moravia Books GmbH

Ein Verlagsverzeichnis schicken wir Ihnen gern:
Eulenspiegel • Das Neue Berlin Verlagsgesellschaft mbH & Co. KG
Neue Grünstr. 18, 10179 Berlin
Tel. 01805/30 99 99
(0,14 €/min. aus dem deutschen Festnetz,
abweichende Preise für Mobilfunkteilnehmer)

Die Bücher des Eulenspiegel Verlags
erscheinen in der Eulenspiegel Verlagsgruppe.

www.eulenspiegel-verlag.de